鯨が飛んだ日

平維盛　即身成仏物語

平野　隆彰　著

あうん社

鯨が飛んだ日

――平維盛　即身成仏物語

プロローグ

仏の教へ給へる事あり。心の師とは成るとも、心を師とするなかれ、と。
実《まこと》なるかな、此の言《こと》。

『発心集』序の冒頭に、予はこの言葉を記している。この思いはいまも変わらないことではあるけれど、はたしてこの言葉どおりに我が心を律して生きてきたかと自らに問えば、はなはだ怪しいと言わざるをえない。慈空上人から依頼を受けたこの「物語」を書きながら、そのことを思い知らされたのだ。

これまで予は、『発心集』『無名抄』『方丈記』という三部作を書いてきた。いずれの作品においても予はできるだけ冷静に、すなわち心に惑わされず、我が心の師と成ることを自戒しつつ、客観的に物事を見て書いてきたつもりだった。ところが、この物語を記すうちに、そもそも客観的とは何かと疑問を感じるようになったのだ。

近年、「平家物語」を語る人々が巷にあふれている。その物語のなかには、今をときめく源氏や北条氏の都合で作られた話も少なからずあるはずだ。しかし五十年、百年もたてば、それらの物語は歴史となり、後世の人々においては「真実」のように思われてしまうのだ。歴史の真実をあますことなく書くなどということは仏や神でも適わず、まして司馬遷でも不可能なのだ。こうしたことを考えると、客観的とはいったい何なのかと、思わざるをえないではないか。そうなると「心を師とするなかれ」という自らの戒めも空しくなってくるのだが……。

本書の題名は『鯨が飛んだ日』とすると、慈空上人からあらかじめ言われていた。予はいったい何のことかと不審に思ったが、話を聞くにつれて納得したのだった。

後世の読者が納得するかどうかは知る由もない。しかし六十にならんとする今、予はこの物語を記しながら、心踊るような青春を再び味わうことができた。できることならば今後も法楽寺で厄介になり、物語の続編を書き残したいものだと、秘かに念じている。

建保二年（一二一四）如月

鴨　長明

ゆく河の流れは絶えずして

今朝方、地獄の底に堕ちゆく夢をみて、悲鳴をあげる自分の声で目覚めた。水を浴びたようにびっしより寝汗をかいていた。

おそらく前の晩、源信の『往生要集』を久しぶりに読んで寝たことがいけなかったのだ。『往生要集』には、等活地獄、黒縄地獄、衆合地獄、叫喚地獄、大叫喚地獄、焦熱地獄、大焦熱地獄、阿鼻地獄と「八大地獄」のことが記されているが、昨夜の夢はそのうちのどの地獄であったのかわからない。ただ、起きたときは咽喉《のど》がからからで体のうちから火を吹いたように火照っていたので、夢でみたのは焦熱地獄であったかもしれない。しかし風邪をひいたときのような高熱はなく、裏山にいって湧き出る清水をたっぷり飲むと体は生きかえった。

囲炉裏に火をつけ茶を飲んで気を静めてから、『往生要集』を改めてひもといてみると、このように書かれている。

——罪人がその抗《あな》に足を踏みはずすと、からだじゅう、じりじりと焼け失せていく。焼けきってしまうとたびたび活きかえり、活きたとみるやたちまち焼かれるのだ。咽喉はからからに干上がり、水を求めてなお進む。やっとの思いで池の畔《あぜ》にたどり着き、身を沈めたとみる間に、分茶離迦《ふんだりか》の池はことごとく炎と化し、それは一大火柱となって天に沖すること五百由旬《ゆじゅん》に達する。略。

一由旬は二里（約八キロメートル）ほどだそうだから、火柱の長さは一千里（四千キロメートル）にも達することになる。何ともあきれはてる。仏教を生み出した天竺の人はいったい何を考えていたのか、とにかく仏典の世界は時間といい空間といい気が遠くなるような話が多い。

地獄に堕ちるのは罪人ばかりだが、ここに堕ちる罪人は、「みずからすすんで断食をし、天に生まれたいなどと望んで餓死するに至った者や、他人にすすめて邪見を抱かせた者が堕ちる」とある。

それだけのことで地獄に堕とされるのは情けないことだと思うが、大灼熱地獄に堕ちる罪人というのは、「生あるものを殺め、盗みや邪淫をほしいままにし、飲酒・妄語に明け暮れ、よこしまな考えを抱き、加うるにひたすらに仏の戒めを堅固に守る尼を、暴力をもって犯した者などが堕ちゆく所」とある。酒を売るのに水増しした者は叫喚地獄に堕ち、仏像や僧坊を焼いたりした者は阿鼻地獄に堕ちるという。

要するに、この世間に生きる者の大半は罪深いから八大地獄のいずれかの地獄に堕ちゆく宿命にあると、『往生要集』ではさまざまな経典を引用しながら説いている。しかも地獄の広さにしろ時間にしろ、永劫といってよいほどの苦海で、恐ろしい獄卒が見張っており、一度地獄に堕ちた者はそこからはい出ることはできないというではないか。これではまるで恫喝《どうかつ》に等しいではないかと、予は読みながら度々嘆息《たんそく》したものである。

思うに、近頃世に流行している念仏信仰というものは、地獄に堕ちることを恐れる人間の心から発しているのだろう。そこに法然上人の教えが広がる理由もある。なにしろ念仏さえ専念に唱えておれば、地獄に堕ちるべき罪人も仏が救ってくださるというのだから、ありがたいものだ。この世に生きていれば誰しも嘘の一つや二つはつくのが当たり前だが、人を殺《あや》めた者や盗人さえも念仏すればお救いくださるとあれば、念仏信仰が流行るのも至極当然というべきだろう。なぜなら地獄を丸写しにしたような今の世で、罪人にならずに生きていくことは難しいからだ。

そういう予も、この方丈に住むようになってから、朝夕、念仏を唱えることを欠かしたことはないが、昨夜地獄の夢をみたということは、「悪業の火は消すことあたわず」と記されているように、念仏の信心がまだまだ足りないということなのかもしれぬ。それにしても、罪人もそうでない人においても、この世はなんと辛くはかないことか……


ゆく河の流れは絶えずして、しかも、もとの水にはあらず。

よどみに浮かぶうたかたは、かつ消え、かつ結びて、久しくとどまりける例なし。

世の中にある、人と栖《すみか》と、またかくのごとし。

予が、『方丈記』を書きはじめたのは、鴨川の近くに転居したときからであった。長い間、父方の祖母の家でやっかいになっていたが、静かに一人暮らしをしたくなったのだ。平家が壇ノ浦の戦い（一一八五年）で敗れる一年前であったから、ちょうど三十のときだった。それから二十年余、予はますます世捨て人の心境となり、五十で出家してから間もなく、京の郊外・日野山に小庵をむすび隠棲した。この地を斡旋してくれたのは、予の古い知友で法然の門弟となった禅寂（俗名・藤原長親《ながちか》）であった。

予の三部作の一つ『発心集』を書きはじめたのはその頃からであった。極楽往生の話を集めた慈円の『往生要集』も一つの参考にはしたが、仏に帰依する発心がなければ往生もあるまいと思う。それゆえに『発心集』と名付けた。予のいのちの続くかぎり、尊い発心の話を聞き集めていくつもりだが、はたしてあと何年生きられるものやら……。

春は藤の花がいたるところに紫雲のごとく咲き乱れ、山桜や紅葉も美しく、蕨やセリ、キノコなど季節の山菜にも事欠かない。山に柴刈りに行くこともあるが、近所の山師が薪を届けてくれたり、その幼い子が遊びに来れば、一緒に木の実や山菜摘みにいったりもする。なにしろ二間にも満たない手作りの庵は、冬になれば隙間風が入り、老いの身に辛いことではあるけれど、満月の夜は雪明かり一色となり、そのまま極楽への死出の路に入った心地がする。

若いころの予は、官職を求めて心にもなく人にへつらったりして、自分が情けなく嫌になったこともしばしばであったが、こうして浮世から離れて多くの人たちの「発心」の話を聞き集めている今、ただ日々の食べ物を手に入れることを苦心することの他に思い煩うことは何もない。歌を詠み、琴を弾き、昼寝をしては散歩して、念仏を称えて寝るばかり。

雑用のためにやむを得ず都に出ることもある。源氏の世となり、都はだいぶ平穏になり、寺社や公家の邸宅を建設する槌音があちこちで響いているが、平家一門が全盛のころと比べたら見る影もないほどだ。貧しきものは相も変わらず貧しく、その日に食べる物さえろくにない人々が巷《ちまた》にあふれている。そんな中、平家にとって代わった源氏の田舎サムライどもが幅をきかせて市中をのし歩く様は見苦しいばかりである。かつて入道相国清盛の妻・時子の弟である平忠時が「平家にあらずんば人にあらず」と言ったそうだが、礼節をわきまえたところなどは源氏の田舎サムライどもよりはましであったと、京の雀らは嘆いている。

とはいえ、権勢におぼれた平家は、怖れ多くも天皇家にさえ弓を引くような悪業を重ねたことから、ついに滅びることになったのだと世の人々は嘲笑ってもいる。予も、平家の衰亡は自らの悪業の報いだとは思う。されども、そればかりではなく、度重なる天災飢饉のせいでもあったと、近頃はとくにそう思うようになった。清盛の嫡子・重盛が若くして夭逝《ようせい》していなかったならば、そしてあの天災飢饉が続かなければ、平家の世はもう少し続いたであろう、と。

祇園精舎の鐘の声、諸行無常の響きあり。沙羅双樹の花の色、盛者必衰の理をあらはす。おごれる人も久しからず、唯春の夜の夢のごとし。……

近頃、このような平家盛衰の物語を、琵琶を奏でながら語る目暗《めくら》法師が巷に現れているとの噂を聞く。街の辻々や寺のお堂などでも聞かせているそうだ。齢六十にもなろうとする今、方丈の周りをうろつくばかりなので、その琵琶法師の物語など聞くこともないが、これを聞いた何人かの話では、平家の悪業ばかりを責めたてて哀れなほどだと涙する者さえいる。

いつの世も勝者の都合によって物語はつくられていく。だが、実弟の義経を追って殺害した頼朝もいずれその因果の報いを受けることがあろうかと予は想っていた。方丈をたまに訪ねてくる昔の同輩は、ある占い師がこんなことを申していたと話していた。

「頼朝は恩を仇で返したのじゃから、その仇はかならずや悪因果となる。いずれ政子の実家で執権家である北条氏にのっとられる」と。

頼朝は、入道相国の義母にあたる池禅尼の助命嘆願よって命を救われながら、その恩義を仇で返したことになるというわけである。

そのとき予は、「当たらずとも遠からずじゃな」と答えたが、どうやらそのとおりになったようだ。頼朝亡きあと尼将軍になったと噂される政子の後ろには、父・兄弟方の北条氏がついている。

平家の衰亡は、度重なる天災飢饉のせいでもあると先に述べたとおりだが、予が神社の宮司にならんとしていた養和元年（一一八一年）の天災飢饉はまことにすさまじいばかりの生き地獄であった。予の『方丈記』にはこう記している。

――養和のころとか、久しくなりて覚えず。二年《ふたとせ》があいだ、世の中飢渇して、あさましい事侍りき。或は春・夏ひでり、或は秋、大風・洪水など、よからぬ事どもうちつづきて、五穀ことごとくならず。むなしく、春かへし夏植うるいとなみありて、秋刈り冬収むるぞめきはなし。

田舎で百姓をする者たちも食うものに困り果て、田畑を捨て、家を捨て、獣のごとく山の奥に住み、都に流れ込み、乞食となり夜盗となり、都の人々も食べるものに困り果てた。竈《かまど》の火をたく薪さえ乏しくなって、家の垣根や塀を壊して薪にする有様であった。

その薪の中に、赤い丹や箔などが付着している木が混じっていたりする。これはどうしたのかと尋ねると、「もうどうしようもないので、近くの古寺に入って仏を盗み、堂の物の具なども壊し、割り砕いて薪にしたのだ」ということであった。このように何とも浅ましい光景が満ちあふれておった。

いたわしくも不憫《ふびん》なのは、幼子をかかえた親子である。ごくまれに手に入れた食べ物を、腹を空かして泣き叫ぶ子にゆずり、ゆずりしているうちに、とうとう自らの命が尽き、それを知らない乳飲み子が母の乳房にすがっている。行き倒れの死骸が鴨川の河原の流れをふさぐほど数多く捨て置かれ、痩せこけた野良犬やカラスどもがそれをついばんでおった。そんな惨い有様をみても、誰ひとり救いの手を差し伸べることはかなわず、目を伏せて走り去るばかりであった。

この同じころ、世の飢渇に追い打ちをかけるごとく、大地震に見舞われ、山はくづれ、河をうずめ、至るところの堂舎塔廟は倒れ、家を失い、路頭に迷う人々が巷にあふれかえった。清盛公が福原への遷都を決意したのは、そんな状況の中であった。清盛公においてはとくに京の都は不吉な呪われた都であり、後白河上皇をはじめ公家たちとの確執から自由になるためにも、福原遷都は都落ちどころか、福原は宋や南国との貿易拠点でもあり大いなる野望の道であった。平家が滅びたのはそれから間もないゆえに、後の世の人は、あたかも福原遷都のせいであるかのように言われもするが、それは当時の世の有様を知らない者が言う戯言である。

福原遷都が始まる少し前のある日のこと、予も日々の食を手に入れるために、物売りの店ばかりでなく、かしこの親類縁者などを頼って街を歩いていたおり、噂に名高い僧侶を見かけたのだった。

――仁和寺に隆暁法印《りゅうげうほういん》といふ人、かくしつつ数も知らず死ぬる事を悲しみて、その首《こうべ》の見ゆるごとに、額に阿字を書きて、縁を結ばしむるわざをなんせられる。

『方丈記』にはこう記しているが、隆暁法印は、京の一条から南、九条より北、京極よりは西、そして朱雀よりは東の範囲において、路に倒れた亡骸《なきがら》の額に阿字を書いていった。

予はその様子を目の当たりにして、これぞ菩薩さまの姿かなと、大いに感銘を受けたのだった。とはいえ予は、今や何の志などもない世捨て人であり、法印のような立派な行いをしようとは毛頭考えていない。しかしそれでも、出家したからには、仏に帰依することの尊さを後の世の人のために伝えることだと思い、さまざまの発心の事例を聴き集めて、記録に残そうと考えた。予ができることといえば、それぐらいのことしかない。

知り合いの僧侶や寺々を訪ね歩き、そこからまた他の僧侶や寺を紹介されて、発心の物語を編纂していくことが、妻子もおらず死を待つばかりの予において唯一の楽しみであり救いであった。高貴な家柄の人ばかりでなく貧しき人々の話にも予の心は洗われる心地がして、若

きころから人嫌いだった予を知る神社の同胞には、

「まるで別人のようじゃ。菩薩様といえば言い過ぎじゃが、仏に感化された天邪鬼《あまのじゃく》かな」と皮肉まじりの冗談を言われたりする。好きなように言わせておけばよい。何を信じようと信じまいと、極楽浄土に行けるかどうかも、つまるところは人の心の有り様がすべてなのだ。

仏の教え給える事あり。「心の師とは成るとも、心を師とする事なかれ」と。

予は、『発心集』の序に、このように記した。迷いの多い人の心というものをいかにして修めるか。念仏を一心に唱えることが「心の師と成る」生き方だと予は思っている。

しかし近頃、念仏信仰が高じるあまり、補陀洛浄土への渡海入水が跡を絶たないと聞く。それは本当の信仰とは思えない。まして聖となったからには、隆暁法印や大仏勧進の重源のごとく、貧しく救われぬ人々のために働くことが仏の願いでもあろうと思う。

発心の話を聞き集める中で、時折情けなくも呆れはてることがある。それはたとえば、二年ほど前に記録した『発心集』第三 - 八の「蓮花城、入水の事」である。

――人にもよく知られたる蓮花城という聖が、年も取り体も弱ってきたので入水して最期をとげたいと、師の登蓮法師に相談したところ、登蓮は驚いて、「そんなことはあるべき事にもあらず。今一日なりとも念仏の功を積まんとこそ願はるべけれ。さやうの行は、愚癡なる人のするわざなり」と諫めた。ところが、蓮花城の決意は固く、止めようがなかった。

蓮花城はついに、「桂河の深き所に至りて、念仏高く申し、時へて水の底に沈みぬ。其の時、聞き及ぶ人、市の如く集まりて、しばらくは、貴み悲しぶ事限りなし。

登蓮は、古い弟子であった蓮花城の自死をとめられなかったことを悔やみ、自分が情けなくもあった。それからしばらくして、登蓮が病に伏していたある日、蓮花城の霊が現はれて、このようにしきりに嘆いたという。

「我が心の程を知らずに、自殺してしまったことを後悔しています。まさしく水に入ろうとしたとき恐ろしくなった。そばにいた人に止めてほしいと目で訴えましたが、知らぬ顔で、早く早くと急き立てられました。自分の愚かさゆえ、人を恨むことではないけれど、口惜しさの一念で、あなたの夢に現れた次第です」と。

自らの入水自殺を後悔するとは、なんたることかと予はあきれ果てた。ある聖がこういうことを言っている。

「水に溺れて死なんとしたが、人に助けられて、からうして生き帰った人が『その時、鼻・口より水入りて責めし程の苦しみは、たとひ地獄の苦しみなりとも、さばかりこそはと覚え侍りしか。入水自殺がたやすいと思うのは、その地獄の様を知らぬからだ」と。

予も日ごと念仏を唱えて暮らしているが、補陀洛浄土がどれほど素晴らしいところだと聞いても自ら死のうとは思わない。この歳になっても死ぬのは怖い。あと何年生きられるかわからないが、生きている限りは三部作のほかに書き残しておくものはないかと思案していたときであった。

予の三部作の編纂が大方できかけたころであったから、建保元年（一二一三）の早春であったか。難波の太融寺という寺で知り合った僧侶の慈空上人が一人の若者を伴って、予のわびしい方丈に訪れた。

慈空と出会ったのは五年ほど前になるだろうか。予が伊勢参りの帰りに大川の船着き場にほど近いところにある太融寺という古刹に参ったとき、慈空は伽藍の一角を指示しながら宮大工に話をしているところだった。

予が何気なく寺の由来を慈空に尋ねたことから互いの気心が知れて親しくなった。そのときの慈空の説明によると、太融寺は嵯峨天皇の許しをえて空海上人が開創したという。八町四方という広大な敷地の周囲は原生林におおわれており、近くの漁民や家を失った放浪者らが住むという小屋が木々の間に見えていたが、境内の中心には嵯峨天皇の皇子で左大臣にもなった源融《みなもとのとおる》公が建立したという伽藍が何棟も立ち並んでいた。しかし三百年もへた伽藍の多くは修復されないまま寂れており、慈空はその復興に奔走しているところだった。京の都でもそこいらじゅうの寺社仏閣が復興の槌音を立てていたが、その資金を集めるのは並大抵のことではなかろうと察せられると、予は慈空に同情した。予は世捨て人にすぎないが、肝胆相照らすというのか、それから慈空との文のやりとりが続いていた。

慈空が突然方丈を訪ねてきたその日、予はひさしぶりに山に入って山菜など採って帰ったところだった。方丈の前に黒袈裟を着た慈空が山伏姿の男と二人佇んでいた。

「これは、これは、慈空どのではないか」

「突然お訪ねして申し訳ござらん。文を出す間もなくて……」

「なんのなんの、ささ、むさいところじゃが、お入りくだされ」

慈空は予より五つ年上だが、勧進の労苦で痩せたせいか、顔の皺も増えてずいぶん老け込んでみえた。鋭かった眼光は和らいでいたが、声の張りは以前と変わらず、筋肉質の体から発する気力も衰えはみえなかった。

何やら大事な相談事があるという。三人も座れば身動きもできないほどの庵に入ってもらい、高尾の明恵上人が広めて近頃流行りかけていた珍しい茶という木の葉を沸かして、夜半まで長々と話を聞くことになった。

まっ黒に日焼けして、痩せてはいるが骨太く筋肉もたくましい青年は、熊野の新宮に近い太地という港で船大工をしていると、慈空がまず紹介した。

「この若者は修験道の修行をしているが、わしの弟子でもある。私度僧じゃが、戒名は慈覚という。俗名は小松維清というてな、由緒ある血筋の者じゃ。それはまぁ、おいおい話すとしよう」

慈空はそう言って、意味ありげな含み笑いを口元に浮かべていたが、青年は「よろしうお見知りおきくだされませ」と、ぼそっと呟き頭を下げただけで、黙り込んでおった。

春とはいえ山裾の夜は冷える。二人が来てからまもなく日が暮れてしまったので、燈明を灯し、狭い部屋の真ん中の囲炉裏《いろり》に火をおこし、粥を炊きながら近況のことなど雑談した。若者は初めて飲んだという茶をしきりに「うまい、うまい」と言った。

「初めて飲む茶をこんなにうまいという人は初めてじゃな。たいがいは、苦いと言って顔をしかめるのじゃが」

予がそう言って笑うと、慈空も「高価な茶だが、お代わりをいただいたらよい」と言うので、続けて二杯出してあげた。

よほど喉が渇いていたのか、若者は立て続けに三杯茶を飲んだ。一息つくと予は棚の隅に置いていた五合徳利の般若湯を出した。

「近頃はわしもめったに口にすることもないが、数日前に訪れた客が手土産にともってきたものじゃ」

「ありがたい。般若湯は久しぶりじゃ。僧侶には周りの目がうるさいでの。好きな酒も飲めん」と、慈空は屈託なく言って破顔した。青年は相変わらず黙っていたが、喉をごくりと鳴らしたところをみると、酒はよほど好きなようだった。

維清と名乗る若者の秘密を聞かされたのは、酒がほどよく胃の腑をうるおし、粥を食べ終わってしばらくのことだった。予は、その話を聞いて久方ぶりに驚き興奮してしまったが、その秘密話の前に、『発心集』にも記した西行法師のことを少し触れておかねばなるまい。

西行法師が出家したのは二十三のときというから、予が十四、五のころだった。予もそうじゃったが、血気盛んな若い男というものは悩みが多いものだ。慈空上人が高野山に上ったのも西行法師と同じ年頃で、清盛公の嫡子である重盛が亡くなって間もなくのときだったそうな。

慈空は、平重盛の直臣であったが、仏への信心の厚かった重盛公の菩提を弔うことに発心して突然出家してしまった。そのため、福原遷都の翌年にあった一の谷の戦いのときはすでに高野山に上っており、真別所という修行の場で西行法師に初めて出会ったのだという。

「あのころの高野山は、食いはぐれて山に上がったような乞食も少なくなかったが、末法の世を儚《はかな》み、ただひたすら念仏三昧にくれる僧侶が多かった。高野山では、あの方が高名な西行法師かと、遠目に見るだけだったが、ただ一度だけ、お言葉を交わすことがあった。西行法師は、高野聖となってかしこに行脚することが多かったようだが、あのころはお年も六十を過ぎて、どこぞに庵を構えようと探しておると聞いていた。秋も深まりかけたある日、奥の院にお参りしての帰り道で、西行法師とすれ違った。いったん、そのまま行きすぎようとしたが、『西行法師様、突然のご無礼をお許しください』と思い切って声をかけてみた。すると、西行法師はゆっくり振り返り、じっとわしの顔をみつめると、やさしい慈父のように微笑んでおられた。そこでわしは近づいて、挨拶もぬきに単刀直入に尋ねたのじゃ。空海上人のお言葉のなかで、もっとも気になる文言があって、誰に問うても腑におちません、となし

「それは、どんな文言かの」と西行法師が言われたので、

「生れ生れ生れて生の始めに暗く死に死に死んで死の終に冥し……。この文言について、どうかお教えください、と尋ねたのじゃ」

「ほう、難しい言葉じゃな。で、西行法師はどう答えてくれたのかな」と予が問うと、

「しばらく黙って、奥の院のほうを見つめておられたが、返ってきたのは、つい先日詠まれたという歌であった。年たけてまた越ゆべしと思ひきや　いのちなりけり小夜の中山」

「うーむ、深いのう。越ゆべしと思いきや……。越ゆべしと思いきや……」

「この命あってこそ、小夜の中山をこえることができる、いや、越ゆべしと思う。そう答えて

くだされたのだとわしは思った。生まれたときも死ぬときも暗いが、だからこそ、人は信心が大事ということだと、西行さまは答えられたとわしは思った」

「なるほど、そうじゃ。そのとおりじゃ」

「礼を述べて帰ろうとすると、もう一句あると言われてな。こういう歌じゃ。風になびく富士のけぶりの空に消えて行方も知らぬわが思ひかな」

「行方も知らぬけぶりのように、……。さすがに西行さまの歌は身に染み入る」

と予は応えた。予も歌人として少しは名が知られているが、悔しいかな気高い西行法師の歌には及ばない。

「歳はいくつになると聞かれたので、二十五になりますと答えると、『そうか、わしが出家した年頃じゃな。出家しても世の誘惑から逃れられぬ。せいぜい精進するがよい』と言うと背を向けて、奥の院のほうへ歩いていかれた。わしはしばらくその背中をじっと見送っておったのだが、背筋を伸ばして早足に歩く後姿には後光がさしてみえた」

「ふうん、後光か……。さもありなん。わしも歌会で西行さまと一度出会ったことがある。もう二十年も昔になるかの。北面の武士であっただけに、衣の下にも筋骨たくましげな体が覗かれたものじゃ。もとより高貴な公家衆や門跡寺に縁のあるお方であるし、歌人として名が知られるようになってから、大寺に頼まれて各地を勧進に歩いていたようじゃ」

「そのようだな。わしが聞いた話では、西行さまは重源に頼まれて平泉の藤原氏のところにも行かれたそうじゃ。その途中、鎌倉の頼朝にもあって勧進をしたそうな。その別れしな頼朝は西行に銀の猫を贈ったが、通りで遊んでいた幼い子供に与えて立ち去ったという逸話がある。西行自身がだれかに話したことが、いつの間にか世間に広まったものだろうか」

「他人の噂というものは、話が広がるほどに尾ひれがついてくる。いまも琵琶法師が源氏に頼まれたのか、巷で平家物語なるものを語り聞かせているが、話の半分以上は演出されたものじゃろう」

「まことに、そうじゃ。治承四年（一一八〇）に、平重衡らの平氏軍に東大寺や興福寺などが焼かれたということにしても、焼こうとして焼いたのではなかろうに。これを仏罰として広めていったのは南都衆や源氏らだ」

東大寺が焼失した翌年、重源上人は帝から東大寺再興のため宣旨をたまわった。重源から西行が勧進の協力を頼まれたのはそれ以降だから、西行はそのとき六十四歳になっている。宋に三度も渡っているという重源は、東大寺大仏鋳造のために招いた宋人の陳和卿《ちんわけい》の技術を活かして、湯施業をする風呂釜もつくらせた。湯施業とは、だれでも自由に入れる湯屋（今日のサウナ風呂）で、風呂を焚く薪代などを寄進することが「後生の功徳にもなる」ということで、重源は勧進活動のなかでこれを広めていった。

重源は朝廷から与えられた「宣旨」の権威を最大限に活かすべく、高野聖や念仏信仰の勧進集団をつくり、庶民むけの活動をするとともに、西行のように貴顕《きけん》に名を知られた名士らの力も活用した。西行の出自である佐藤家の縁戚の一族に陸奥守藤原秀衡《ひでひら》がいたことから、重源は奥州平泉で産出した砂金の勧進を西行に依頼したのだと聞いている。西行は六十九歳のとき、二回目の奥州へ旅立っているが、頼朝と会ったのはそのときらしい。

大仏鋳造が完成したのは重源が勧進を始めて満四年後の文治元年（一一八五）のことであった。八月二十八日、後白河法皇自ら開眼師となられ盛大に法要が営まれたが、大仏殿の完成までには二十年以上かかり、建永元年（一二〇六）、重源の亡きあとは栄西に託された。

勧進聖には西行のような清い人ばかりでなく、それを口実にして悪徳をはたらく僧侶も多く「高野聖に宿貸すな」とまで世の評判を落としてしまった。そのことを慈空はさかんに嘆いていたが、少し酔いがまわって若い血気が高まったのか、近頃流行りの念仏信仰のことも激しくののしりだした。その点は、日ごろ阿弥陀念仏を唱えている予とは考えが少し違っていた。念仏信仰の始祖ともいえる空也上人のことは『発心集』にも記し、予は尊崇している。「念仏が流行るのは、この世が地獄だからじゃ」と予が言うと、慈空は苦虫をつぶした顔をしてこう言った。

「専修念仏を広めた法然上人が亡くなった後も、弟子らの寺々に数多の人が救いを求めて集まっていると聞く。しかし、名号を唱えさえすればどんな悪行を積んだ者でも極楽浄土に行けるというのは、行きすぎじゃ。悪行を帳消しにしては、何のための戒律なのか、修行なのか、信仰なのか、わからないではないか」

予もそれは同感だといったことを話し合っているうちに、「明恵上人をご存知か」と、慈空が突然言った。

「知らでかいな。高尾に隠棲しておられる高僧じゃろう。戒律を守ることに厳しい明恵上人は法然上人を厳しく批判したそうだ。法然上人その人に対してではなく、専修念仏の考え方をな……。予は、一度、この高僧の話をじっくり聞いてみたいと願っている」

「実はの、明恵上人はわしより二十ほど下の甥にあたる人なのじゃ」

「なんと」、予はおもわず絶句してしまった。

慈空の出自について聞かされたのはそのとき初めてだった。仏が導くものなのか、この世は実に不思議な縁というものがあるものとつくづく思ったのだった。

慈空の家系出自はこういうことであった。

明恵上人は、平重国を父とし湯浅宗重の四女を母として生まれているが、慈空こと湯浅宗孝は、湯浅宗重がまだ若いころの側室を母として生まれたのだという。その母は慈空が二歳のときに亡くなったので顔も覚えていないが、土豪の娘だったと聞いているという。

湯浅宗重は、平治の乱（一一五九）のとき、白河上皇のお供で熊野詣に来ていた清盛らの平家一族を、熊野別当だった湛快らとともに助けて上洛を果たし、源氏に打ち勝った。それ以来、湯浅宗重は平家方の有力武将となり、その縁でやがて息子の宗孝は十歳になって間もなく重盛に近侍することになり、よく学問ができたので寵愛されて祐筆のような立場になった。平家の命運を託されていた重盛が病没すると、女嫌いで独り者だった宗孝は高野山に上がって出家したが、重盛の遺言もあって息子の維盛を陰ながら見守ってきたのだという。女嫌いの訳はあえて聞かなかったが想像はつく。

般若湯が利いたのか、慈空は口滑らかにそこまで話すと、無くなった壺を振りながら少し恨めしそうな顔をしてから、

「ところで今日訪ねてきたのは……」と声を低めて言った。

夜はだいぶ更け、ときおり裏山のほうで鹿の鳴く声が聞こえていた。

「長明殿、実はな、ここにいる維清は、維盛さまの息子なのじゃよ」

「えっ？　重盛殿の嫡子であった維盛殿の……」

「そうじゃ」

予はすぐに返す言葉がみつからず、しばしの沈黙があった。青年は少しうつむき加減で、予と慈空を交互に見ているだけだったが、やがて慈空はこう続けた。

「今日、長明殿を訪ねたわけは、一つ頼み事があったからじゃ。なに、迷惑がかかるようなことではないから案じられるな」

「ちょっと待て、一つ聞いておきたいことがある。維盛殿は、熊野那智の海から補陀洛浄土《ふだらくじょうど》の舟に乗り、自死したと伝えられておるが、あれは偽りであったのか」

「はっはは、よいことを問うてくれた。むろんのこと、そんなはずがあるわけがない。そのことも、これから話すことにかかわってくるのだが、維盛さまが二十五歳の若さで世を儚《はかな》み、遥か南の海にあるという補陀洛浄土へ向かったというのは、何を隠そう、このわしが各所で流した偽りの伝説じゃ」

「なんと、そうであったか。実はわしも何となく腑に落ちないことだと思うていたのじゃ」

「そう思っていたならなおさら話は早い。維盛さまは、屋島を出られてから熊野の湛増に会って、熊野水軍を源氏方に味方せぬよう約束させた。ところが湛増は、清盛公や重盛公からの恩顧を裏切り、源氏に走ったのだ。許せぬ奴と、維盛殿は激怒され、湛増を殺そうとしたが、源氏の目も光るなか、十人もいない家臣では湛増の敵陣には近づくこともできない。そこでわしは源氏の探索から逃れるため、維盛さまは補陀洛浄土に向かう舟で入水したという話をつくりあげたのじゃよ。屋島の脱出から高野山、熊野へとむすんだのは、このわしと二、三の家臣たちの計略だったのだ。……」

「うーむ、そうであったか。神官の家に生まれたわしは、平家と源氏がなぜこうまでして争うのか、武家らの計略や戦のことなどはよくわからん。しかし、ものを書く者の一人として言えることは、真実を知りたいということじゃ。近頃、平家の悪行を好き放題に語っているという『平家物語』の噂などを聞くと、なおのことそう思うのじゃ。維盛殿が補陀洛浄土へ向かって入水自殺したという話もそこに語られているそうではないか。だとすれば、いまそなたから真実を聴けることは、うれしいことじゃ。言っておくが、わしは平家でも源氏でもないぞ」

「わっはは、わかっておる、わかっておる。そういう長明殿だからこそ、頼もうと思って来たのじゃ。平家の落人狩りは近頃ようやく収まってきてはいるが、もし、この維清が維盛さまの忘れ形見ということが知れたら源氏は黙ってはいまい。いまはわしの弟子となってはいるが、たとえ出家しても命が危ないのじゃ。維盛さまの嫡子の六代は、文覚上人が頼朝に助命嘆願してくれたおかげで助かった。しかし頼朝が死んだ後、上人が島に流されてしまうと、執権の北条氏の命によって殺されてしまったのじゃ。六代は出家して妙覚と名乗っていたが、僧侶になっても許されなんだ。どこぞで生きているという噂もあるのだが……、音信がない。幸い、維盛さまの補陀洛浄土の伝説は事実として語られておるから、維盛さまの血筋は絶えたものとして、維清にとってはその伝説が命の保障になっておる。しかしな、いずれ真実を世に伝えたいと思うている。維盛さまとて、この維清とて思いは同じなのじゃ。維清は維盛さまが熊野に隠れていたときにできた子じゃが、一歳のときに別れているから父のことは何も知らんのじゃ。だいたい、空海上人のお教えからして、維盛さまが生きながら補陀洛浄土へ向かって入水自殺するなどという考えはありえないことじゃよ。それは今時の念仏信仰の誤った信心から来ている。わしも平家のサムライであったときは、いつ死んでもよい覚悟で念仏も唱えたが、真言宗の現世利益というのは、生きて生きて生き抜くことじゃ。それこそが空海上人が説かれた即身成仏なのだ」

「ようわかった。わしも死ぬまで生きる。補陀洛浄土などへ行くのはごめんじゃ」

予がそう言って笑うと、慈空も笑い、維清もつられて三人の大笑いとなった。

「して、頼みというのは何なのじゃ」

なおも予が笑いながら尋ねると、慈空は真顔にもどって言った。

「ほかでもない、おぬしに維盛さまの物語を書き残してほしいということじゃ」

「ほう。維盛さまのか……。書くのはむろんかまわんし、わしを見込んでくれたのはうれしいことでもあるが、この老体ではあまり出歩くことは難しい。あと何年生きられるかとも思うておる」

「何を気のよわいことを。しかし、長明殿に体の無理をしてほしくない。だから、おぬしのもとに、物語をする者を呼んでくる。その者はわしを含めて六、七人いる。この狭い方丈では、いつ人が聞いているやもしれぬし、河内の法楽寺という寺の一室を借り受けることにしよう。難波の住吉大社に近いその寺は、重盛公が創建された真言宗の寺じゃ。その一室でゆっくり話を聞き、朝餉夕餉はもとより身の回りの世話もすべて寺男や下女にさせよう。夜は般若湯をつけてもいい」

「ありがたや。わしにとっては極楽じゃな」

予がそう言ってにんまりすると、慈空と維清は顔を見合わせて笑っていた。

法楽寺に案内されたのは、慈空が方丈を訪ねてきた日から五日後のことであった。衣食住のすべては用意しているから、筆硯《ひっけん》のほかに何も持たないでよいということだったが、日ごろ愛読する書物と琵琶などを荷箱に収めて、慈空が連れてきた若い僧がそれを背負い、この身一つで方丈を後にした。

馬の背にゆられて葛野川（桂川）のほとりの草津で船に乗り、淀川を下ると渡辺津で下船した。渡辺津は熊野詣での出発地として人の出入りが多いところで、嵯峨天皇の皇子源融公を始祖とする渡辺党がこの一帯を支配しているという。

予も一度、歌仲間に誘われた伊勢参りの折に、伊勢路から熊野へ詣でたことがある。脚はまだ衰えていないつもりだったが、伊勢からの往復四十里、十数日間の旅から戻って疲れがどっと出て二日ほど寝込んでしまった。

熊野詣がさかんになったのは、白河上皇のころからというから百三十年以上前からだ。伊勢路のほかに、紀伊路（渡辺津―田辺）、中辺路、大辺路、高野山から向かう小辺路があるそうだが、いずれも獣がでる峠道をゆく長旅にはちがいない。それでも、上皇や公家らは道中では輿や馬に乗り、行く先々で歌会や宴会、里神楽や奉納相撲なども楽しみながら参っている。熊野信仰がないとは言えないにしても、公家らにおいてはうっとうしい都の暮らしから逃れる気晴らしの旅にちがいない。

ある時、歌会でたまたま顔を合わせた藤原定家が、熊野詣のお供は二度とごめんだとぼやいていた。彼はまだ位の低い四十代のころ、後鳥羽院の熊野御幸（建仁元年十月）のお世話をしたとき、宿の手配や食事の用意まで全行程の段取りをしたが、自分たちが泊まるところは隙間風が吹き込む百姓の納屋であったそうな。そのことを聞いた予は、出世のために宮仕えなどしなくてよかったと、つくづく思ったものだ。

治承四年（一一八〇）水無月のころ、平家の福原遷都があり、宮仕えの大臣や公卿らはことごとく移ることになったが、都を捨てて喜んでいく者はほとんどいない。

――官《つかさ》・位に思いをかけ、主君のかげを頼むほどの人は、一日なりとも疾く移ろはむとはげみ、時を失ひ世に余されて期する所なきものは、憂へながら留まりをり。

『方丈記』にも記したように、遷都の列に入らない者は、出世の見込みのないおちぶれた者ばかりだったそうな。

法楽寺は、大川の渡辺津で下船してから馬に乗り、熊野街道の紀伊路を南下すると、半刻もしないうちに四天王寺にいたる。四天王寺に参拝し、難波の海に沈む夕日が美しいという西門前から阿倍野街道に入り、阿倍野王子社の西裏門を通って住吉大社まで三、四里ほどだった。大社への参拝は後日にということで、熊野街道（阿倍野街道）から途中で東へ折れると、まもなく法楽寺に着いた。

二間の山門の構えからして由緒ある寺であることが見てとれた。門柱には紫金山小松院法楽寺と書かれた板看板がかかっている。院号の小松院は、六波羅小松第に居を構えていた重盛公が、小松殿ないし小松内大臣とも呼ばれていたことに由来するという。

門の北正面にある本堂、その右手に大師堂、左に護摩堂、その奥に弁天堂があり、食堂や風呂場、住居を備えた講堂は本堂の北側にあった。いずれの建物も瓦葺で普請は立派であったが、壁板が破れて補修されないまま風雨に朽ちた建物もある。寺には二、三の高野聖が常に出入りしており、決まった住職はいないが、慈空はいくつかの寺の勧進の務めを果たしのち、住職となって寺を復興させたいと語っていた。そのためにも慈空は、難波や京に出るおりには必ずこの寺に立ち寄って、勧進で集めた銭を貯めて納めているのだという。

法楽寺の創建は治承二年（一一七八）、重盛公が亡くなるわずか一年前のことであった。仏への信仰心がことのほか篤かった重盛公だが、この地を選んだわけは、平家の棟梁としての思惑もあったようだと、慈空はこのように話していた。

「法楽寺が熊野街道沿いの立地にあるのはむろん訳がある。熊野詣のさいには必ず参詣する住吉大社までは歩いても半刻ほど、早馬なら心経一巻を唱えるばかりの間に着く。昔は飛鳥へ上る港だった住吉の浜から瀬戸内の福原は指呼の間に臨めるし、淡路や四国、そして熊野の水軍なども動かせる。おそらく重盛さまは、そのような構想をお持ちだった。平氏は朝廷の馬の飼育や調教をする左馬頭《さまのかみ》や御厩別当《みやまのべっとう》となってそれを世襲していたから、大川（淀川）や巨椋池《おぐらいけ》の周辺にある美豆牧《みずのまき》や、河内国の福地牧、会賀牧《えがのまき》なども押さえることができた。

重盛公がここに法楽寺を創建したのはただ信仰心ゆえというのでなく、熊野街道と住吉大社（住之江津）に近く、神馬や軍馬も飼う牧が多かったからにちがいない。表向きは寺の創建だが、軍事の拠点でもあったのだ。その証拠に、この辺りは御牧場として定められ、住吉の神馬が大事に育てられており、むろん軍馬も数多く放牧されておる。馬の厩《うまや》には馬借《ばしゃく》や車借が属している。すなわち重盛公は、馬や馬借、船と舟人（漁民）をすべて手中に入れられるということで、この地を選んだものと思われる。

平氏は入道相国清盛公のときから、伊予守も世襲された。伊予守になると瀬戸内海と北九州の出入口を押さえることができる。左馬頭と伊予守を兼ねることで海上交通を支配して宋との貿易を独占できたわけじゃな。木曾義仲がのちに、越後守に任命されたときに断り、伊予守の地位を獲得したのも、平家に倣ってのことであったと聞いておる。

清盛公は宋との貿易港として福原を造られたが、住吉は難波とともに陸と海の拠点として重要とお考えになられた。しかも重盛公は馬に乗ることがたいそうお好きでありました。重盛公は天皇、公卿とも親しく交わられ、信頼も篤かったから、もし生きておられたら、福原遷都もなく、壇ノ浦の戦いもなかった……」

慈空はそう言うと、衣の袖でそっと目頭をぬぐうのであった。

たしかに慈空が話したように、渡辺津からの道中、法楽寺に近い川辺や野原の牧では何十頭もの馬が草を食んでいた。この地を押さえておけば、熊野水軍もけん制できたろうことは、軍事などには疎い予でも察しがつく。平家においては、重盛公が四十そこそこで夭逝したことが、かえすがえすも悔やまれることであろう。

「わしが出家したのちも重盛公がよく夢に現れた。この頃は、あまりお出にならないが、それでも命日が近づくと、わしのほうから重盛公に会いにいく夢をみる。そこには、光源氏の再来ともてはやされた維盛さまも出てこられてな。しかしそれは一時の栄華じゃった。重盛公が亡くなり、入道相国さまもお亡くなりになると、維盛さまは宗盛兄弟たちに疎まれて四面楚歌となった。屋島から逃れた維盛さまは一世一代の戦いをして満足しておるが、そのことは誰ひとり知る者はいない。しかもわしに言わせれば、維盛さまほど世の誤解と誹りを受けた御仁はござらん。それだけに、事の真実を書き残しておきたいのじゃよ。それが平家一門へのわしの供養でもある」

慈空はそこまで言うと、先ほど茶を運んできた少年僧を呼び、下女に酒肴の用意をするようにと命じた。

「本日はお疲れでありましょう。だいぶ冷え込んでまいりましたし、今宵は般若湯と風呂でお体を温めてお休みくだされ。わしも般若湯は嫌いではないのでお付き合いもうしましょう。わしの物語は三日後の昼過ぎからということにいたしましょう。維盛さまはなぜ屋島を出られたのか、そしてその後あとのことなどをゆるりと」

こうして法楽寺での「物語」の聞き書きが始まったのであった。

屋島脱出

「古事記」や「日本書紀」にしろ、また昔物語のなかでも特に信仰にまつわる話には、信じがたいような奇談が少なくないが、慈空が語った話も、にわかには信じられないようなことであった。小さな方丈の世界で余生を過ごしてきた予にとって、摩訶不思議な話ばかりである。とくに海の生き物について予はまったく無知であるから、そういうものかと思うしかない。予がここに記した話を信じる信じないは後の世の人々の判断に任せるとして、まずは慈空が話した物語から始めるとしよう。

「わしが維盛さまの屋島脱出をはかったのは、義経が嵐をついて屋島の平家を急襲する半年ほど前、寿永二年（一一八三）の初秋のことだった。維盛さまは、父の重盛公がお亡くなりになってからというもの、平家一族の中で肩身の狭い立場に追い込まれ、なかんずく叔父の宗盛との確執が誰の目にも明らかになっていた。

治承三年（一一七九）閏七月二八日、清盛の後継者と目されていた重盛（小松殿）が四二歳で病没すると、維盛さまの叔父で、清盛公の正室時子の長子であった宗盛が平氏一門の棟梁になった。このとき宗盛は三七歳、維盛さまはまだ十九歳でした。

その三年後の養和元年（一一八一）閏二月四日、入道相国清盛公が死去されると、平氏の勢力はたちまち衰えをみせはじめました。木曾義仲が上洛するというので、宗盛と重衡が協議した結果、後白河法皇を奉じて海西に退くことに決しました。ところがそれを知った法皇は、法住寺殿を脱出して、鞍馬経由で比叡山に逃げてしまわれた。

寿永二年（一一八三）七月、宗盛はやむなく安徳天皇と三種の神器を奉じて都落ちすることになったのです。こうした宗盛の行動に対して、維盛さまをはじめ何人かは反対されましたが、むろん意見が通ることはありません。都落ちのときには、平家の家々に放火した上に、四、五万軒の家々も焼き払い、福原さえも焼き払いました。

維盛さまは焼け落ちる京や福原の都を見ながら、宗盛に対する憎しみと、自分のふがいなさに悔し涙を流しました。そもそも宗盛が平氏一門の実権をにぎることになったのは、その元をたどれば重盛公が若くした亡くなったことのほかに、重盛公と維盛さまの北の方に対する平氏一門の不信が根強かったことも大きな一因でありましょう。

維盛さまの北の方の父は、平家に反旗を翻そうとした鹿ケ谷謀議の首謀者の一人であった藤原成親《なりちか》でした。しかも重盛公は成親の妹を娶《めと》っておられていたから、平家一門のなかで猜疑心は強まるばかりであった。

それでも清盛公は、光源氏か在原業平の再来かとも言われた孫の維盛さまをことのほか愛でられ、重盛公の後は維盛さまが平氏の棟梁と目されていた。そもそも維盛さまの嫡子・高清が六代と呼ばれたのは、平家一門の栄華の土台を築いた平正盛公から数えて直系六代目に当たることに因んでのことで、清盛公がつけた愛称でござった。つまり維盛さまは五代目の棟梁となるはずだったのだ。

富士川の戦い（一一八〇）、二年後の倶利伽羅峠の戦いでも、維盛さまを総大将に任じたのも、清盛公の御計らいでござった。これらの戦いで勲功をあげて、平氏の棟梁としての威光を確たるものとせよ、というのが清盛公の願いでござりました。

ところが維盛さまは、源氏との雌雄を決する大事な二つの戦いで、いずれも敗れたどころか無様に敗走するという不名誉なことと相成った。

維盛さまが大将軍としての初陣となった富士川の戦いは、重盛公が亡くなった翌年の治承四年のことであった。頼朝のもとに軍勢が集結する前に、急ぎ討手を派遣すべきであると、公卿の会議で決定され、大将軍には小松権亮《ごんのすけ》少将維盛、副将軍には薩摩守忠度《ただのり》（清盛の異母弟）が任じられた。九月十八日、三万余騎の軍勢は福原の都をたち、翌十九日には旧都に着き、ただちに二十日、東国に向って出発した。

時に維盛さまは二十一歳、赤地の錦の直垂に、萌黄威《もえぎおどし》の鎧を着て、連銭葦毛《れんぜんあしげ》の馬に黄覆輪《きぶくりん》の鞍を置き、威風堂々と乗っている。その武者姿の美しさは絵にえがいても及ばないほどであると、沿道で見送る都の人々はため息をついた。副将軍薩摩守忠度にしても、紺地の錦の直垂に、黒糸威の鎧を着て、太くたくましい黒い馬に沃懸地《いかけじ》の鞍を置いて乗っている。馬・鞍・

鎧・甲・弓矢・太刀・刀にいたるまで、平家一門の威光さんさんと光り輝くばかりの見ものでありました」

慈空はここまで水が流れるように語ると深いため息をつき、維盛にとって不運な富士川の戦いから屋島脱出までのいきさつを語った。淡々と語ってはいたが、ときおり維盛の無念さを代弁するように感情を高ぶらせて顔を赤らめたり、苦い表情をみせたりもして、出家したことも忘れているようであった。

その昔、朝敵を滅ぼすために都を出発する将軍には、三つの心得があった。天皇から節刀をいただく日には、家を忘れ、妻子のことを忘れ、戦場で敵と戦うときは、わが身を忘れる、ということである。維盛も、そのことを心得て意気揚々と源頼朝討伐に向けて出発したのだった。かならずや大勝利をおさめて宗盛兄弟をはじめ平家一族の鼻をあかしてみせようと内心思っていたにちがいない。ところが、戦わずして無様な敗走を演じてしまったのだ。

先陣が蒲原・富士川まで至ったとき、維盛は侍大将上総守藤原忠清《ただきよ》を呼んで、

「足柄を越えて、坂東で戦おうと思う」と勇んで言うと、

「後陣はなお手越・宇津の屋についたところです。後陣が着くのを待ちましょう」と忠清はのんびりした声で答えた。

「何を悠長なことを。我が軍勢は途中の国々で兵を徴集し、七万余騎となっておるではないか。兵が増えれば増えるほど、兵糧の確保がむずかしくなる。国々の百姓らに無理を強いることにもなる。坂東の頼朝は、兵糧の心配がないから時をかせぐこともできようが、兵を飢えさせることになれば戦うこともかなわず。いますぐ、富士川を渡ろうぞ」

「戦いのことは忠清にお任せなさいと、入道殿は言われたはずです。八カ国の兵どもはみな頼朝に従っておりますから、何十万騎かいるでしょう。我が軍勢は馬も人も長途の旅にすっかり疲れておりますし、占いによると待てとの卦が出ておりまする」

「なに！　この期に及んで、占うのか！　勝手にせい」

維盛は激高したが、「入道殿は言われたはず」と切り返されたら兵を動かせない。

そうこうしているうちに、常陸源氏の佐竹太郎の雑色が、主人の使いとして手紙をもって京にのぼるところを捕まえた。

「頼朝の軍勢は、どれほどあるのか」と尋問すると、

「下郎の私には、多いやら少ないやら、わかりませんが、昨日黄瀬川で人の申したことには、源氏の御勢は二十万騎ということでした」と雑色は応えた。

「この雑色の言うことは怪しい。二十万騎もいるはずがなかろう。源氏の罠にちがいない」

維盛はそう言いながら、妻の父の藤原成親の顔がふとよぎった。「敵に当たるときは先ず味

方陣地を混乱に陥れるべし。それが古来からの兵法だ」と成親が訳知り顔で話していたことを思い出したからだ。皮肉にも、その成親こそが平氏の裏切り者となったのだが……。

しかし侍大将忠清は、そんな維盛の思いなど頭から無視して、「いや、頼朝はそれぐらいの兵は集めているはず」と言い張り、側近の多くが忠清の意見に同調した。ここが先陣であるという空気がまるでなく、夜になると近くにいる遊び女をこっそり呼び込んでいる輩もいた。

「要するに平家軍は戦う前から怯えていたのだ」と、維盛は後々悔しそうに慈空に語っていた。

こうして時は空しく過ぎた。都を出てから一カ月、十月二十三日になった。明日は源平両軍が富士川で矢合せをすると定められたが、夜になって平家の方から、源氏の陣を見わたすと、伊豆・駿河の人民百姓らが戦禍を恐れて、ある者は野へ逃げ山に隠れ、ある者は船に乗り、海や川に浮かんで、物を煮たり焼いたりする炊事の火が見えた。「敵は二十万騎」と信じこんでいた平氏の兵どもは、

「なんと、おびただしい遠火の多さだ。野も山も、海も川も、みな敵軍でみちあふれているようだ。なんとしたことであろう」と怖気づいてしまった。

そんな折、夜半ごろに富士の沼に無数に群がっていた水鳥が、なにに驚いたのか、一度にぱっと飛び立った。その羽音が、大風か雷などのように聞えたので、平氏の兵どもは、

「それっ。源氏の大軍が攻め寄せてきたぞ。取り囲まれてはどうにもなるまい。ここを退いて、

尾張川洲俣を防ごう」と、我先にと逃走した。あまりにあわてさわいで、弓を持つ者は矢を忘れ、矢をとる者は弓を忘れた。他人の馬に自分が乗り、自分の馬は他人に乗られるなどの大混乱となった。兵らが一夜の慰めに東海道の宿場から呼び集めていた遊び女たちも逃げまどううち、馬に頭を蹴割られたり、腰を踏み折られて、わめき叫んでいた。

翌二十四日の午前六時ごろ、源氏の大軍は富士川の岸辺に押し寄せて、天に響き大地もゆさぶるほどに、二度三度、鬨の声をあげた。

「討手の大将軍が矢のひとつも射ずに、都へ逃げ帰ってしまった。戦いには、見逃げということさえだらしないとするのに、これは聞き逃げをなさったのだ。あはっはは、なんと情けないことでしょう」と、東海道宿場の遊び女たちは大いに笑いあった。これを風刺する落書も市中に多くで出回った。

同十一月八日、大将軍権亮少将維盛は、福原の新都に帰着した。

富士川の戦いの敗因は、侍大将だった忠清の弱腰の采配にあったことが後にわかるのだが、清盛は無様な敗走に激怒し、忠清を死罪に、維盛には遠島を命じた。ところが何故か、その二日後にも、忠清は死罪を免れ、少将維盛は近衛中将に昇進したのだった。

「追討軍の大将ということであったが、とくになしとげられたこともおありにならない。これは何の褒賞なのであろう」と、都の人々はささやきあった。

主馬判官《しゅめのほうがん》平盛国がすすみ出て、清盛にこう言って直訴したことが功を奏したらしい。

「忠清は前々から失策ばかりする人物とは聞いておりません。彼が十八歳のときのことと記憶していますが、鳥羽殿の宝蔵に、畿内五カ国で第一という悪党が二人逃げこんでたてこもったとき、近よって逮捕しようという者もありませんでしたが、この忠清は真っ昼間にただ一人で、土塀を越えてとびこみ、一人を討ちとり、一人を生捕りにして、後々まで評判となった勇者でございます。今度の失態は、尋常のこととは思えません。よくよく兵乱の御対策や御祈祷をなさるべきかと存じます」

清盛は、側近であった盛国の諫言《かんげん》を受け入れて、あっさりと判決を覆《くつがえ》したわけだが、どうも話ができすぎている。清盛は、わざと激怒することで維盛をかばったという見方もできるからだ。それほどまで清盛は、維盛を平家の棟梁として一人前になってほしかったのだが、維盛自身にはそれが重荷になっていた。というのも、清盛の正室・時子が生んだ宗盛兄弟との確執があまりにも強く、そんな中で平家を束ねるなどというのは己の役割ではなく、煩わしいと感じていたからだ。

宗盛は、清盛に愛されている維盛を嫉妬し、自分こそ平家の棟梁との思いが強かったので、維盛に対して何かにつけて難癖をつけ、平家一族から消えてもらうことを密かに思っていたに違いない。

維盛は、見かけはなよっとしているが、弓をひけば強弓をうならせ、騎馬や狩りが好きな武人であった。ある夜、たいそう酔って宴から戻った維盛は、迎え出た慈空に「富士川の戦いで、わしは死ぬ気じゃった」と涙して悔しがった。公家らの教養である歌詠みなどは「本心でもない、女々しい歌は嫌いじゃ」と言っていたが、笛を吹けば、笛の名手と知られ一の谷で非業の最期をとげた敦盛にも負けないほど上手だった。

「多くの女人に愛され、維盛さま自身、たいそう色事がお好きでしたが、かといって女色におぼれることはござりませんでした。若いときには公家衆に愛され、衆道にも通じたところがあったが、やはり女人のほうがお好きなようじゃ」と慈空は言うと、意味ありげな含み笑いをもらした。

それはさておき、平家一門が都落ちを決めたとき、維盛はすでに覚悟を決めていたという。そこで慈空は、いかにして維盛の命を守り、庇っていくかに思いをめぐらした。

慈空はその頃、重源上人の東大寺大仏の再建の勧進を手伝うため、渡辺津に近い太融寺や住吉大社に近い法楽寺などを拠点にして動いていた。

前に述べたように太融寺は、およそ三百年昔、源融公が伽藍を整えて栄えた寺だった。このころ伽藍は寂れていたが、都や高野山を結ぶ中継地として高野聖らの拠点となっていた。原生林が生い茂る広い敷地内には漁民の小屋だけでなく、境内にはいつも一時避難する難民らも住んでいた。大社寺には、縁なき難民らにも救いの手を伸べる「無縁所《むえんじょ》」としての役割があったのだ。誰もが避難できるので、ときには夜盗らの巣窟になったりもした。後に名前が出てくる石堂丸や権左は、少年の頃は夜盗の一味だったが、改心して慈空の弟子となり、いまは手足となって動いている。渡辺党の一部にも慈空の協力者がいた。

融公の子孫の名は、昇、宛、綱などという一文字の名をつけたので、「渡辺一文字の輩」と呼ばれ、渡辺津を拠点に瀬戸内海の海賊を取り締まる渡辺党として、平氏の水軍力の一翼を担っていた。平氏の旗色が悪くなると渡辺党の多くが源氏方につくようになってしまったが、その中には慈空に協力を申し出る武士も少なからずいたのだった。

平氏が都落ちしたという話は、懇意にしている都の高野聖をはじめ、商人や渡辺党などからすぐ慈空の耳に届いた。そういう連中に維盛への手紙を託したり、急ぎのときには石堂丸や権左などを走らせて緊密な連絡をとっていたからだ。

維盛は、叔父の知盛とともに、都で源氏を迎え撃つことを強く主張したが、宗盛はまったく聞く耳をもたなかったという。平氏の大きな拠点である太宰府に移り、そこで勢力を建てなおしてから一挙に源氏を撃つというのが宗盛の考えだった。清盛公の四男で若いころから才知備えた勇将として知られた知盛は、

「太宰府の藤原頼輔や菊池氏、周防の大内氏とていつ裏切るかわかったものではない。すでに

その兆候がある」

と口をすっぱくして宗盛を諫めたが、「平氏の棟梁はこの宗盛じゃ。反対するなら、一人都に残れ」と、叔父に対してもその一点張りであったそうな。

だが、知盛が案じていたとおりになった。いったん九州に逃れた平氏は大宰府の原田種直の宿舎に入ったものの、後白河院から命じられた豊後の知行国主・藤原頼輔《よりすけ》は、子の国守の頼経に命じて、豊後から平氏を追い出したのだった。

「さいわい知盛どのの知行国長門の代官であった紀伊刑部太夫道資の大船に乗ることができ、田口成良《たぐちのしげよし》の招きで讃岐国屋島に入るとすぐに、板屋の内裏や御所が作られたという次第です。あろうことか、その田口成良が壇ノ浦の戦いで寝返ったばかりに次々と裏切り者が出て……、何ともあわれな顛末でありましょうか。

平家の都落ちがいよいよ間近いというとき、摂津の太融寺にいたわしのもとに、維盛さまから火急の文が届きました。急ぎ渡辺津から淀川を上り、およそ半年ぶりに維盛さまにお目通りすると、心労のせいかげっそりやつれておられました」

それでも維盛は、何か憑き物が落ちたように、さばさばした口調で慈空に話した。

「高野山で出家しようと思う。本心ではないが、形の上では、そうしようと思う。わしの願いは源氏との和睦であったが、もはやそれは適わないこととなった。時忠さまや知盛さまもわしと同じ考えであったが、宗盛をはじめ一族の多くは和睦に反対した。たとえ平家が望んだところで、後白河法皇と頼朝が仕組んだ罠だと、宗盛は言ってゆずらなかったのだ」

そもそも和睦の話は、頼朝が後白河法皇に申し入れたということだったが、宗盛は嘲笑ってこう言ったという。

「これには裏がある。法王は三種の神器を取り戻したいだけじゃ。平家を都から追い出したいというのが法皇の本心じゃ」

「わたしも法皇の言葉は信用できません。祖父が、さんざん法皇に振り回されたあげく幽閉されたのは、やむを得ないことでありました」と維盛は宗盛に答え、それでも和睦に望みをかけるしか平家の生きる道はないと宗盛に迫ったが、無駄であった。

「宗盛が言うように、和睦は甘い願望にすぎぬだろう。しかし戦さで源氏には勝てん。敗れることがわかっている戦さで闘う気にはなれんのだ。命が惜しいのでは決してない。そこで相談じゃが、みなが都落ちするときは、わしも着いていかざるを得んが、北の方と子供らを安全なところに逃れさせてくれ。すぐにも源氏の大軍が福原に攻め寄せてくるじゃろう。その前に、わしは屋島に逃れ、いったん身を隠そうと思う。そして高野山に上る前に、湛増に出会って、熊野水軍を平家に味方するよう説くつもりじゃ。わし一人が平家から去ったところで宗盛はかえって喜ぶじゃろう。しかし、平家の水軍がいかに源氏方より強いといっても、もし熊野水軍が源氏方についたら危ないことになる。湛増は、すでに源氏につくという風聞が届いている。何とかしてそれを止めるのが、わしのせめても役目じゃと思う」

父の重盛公は、信仰心が篤く、平氏の棟梁というより生まれついての公卿のような人であった。若いころの維盛は、そういう父よりも平家の栄華を築いた祖父の清盛公を崇敬していたが、「父が生きておられたら、こんなことにはならなかった」と、維盛は慈空につぶやくように言った。朝廷に信頼され政治手腕もあった重盛公の偉大さに改めて気づいたような口ぶりであった。

慈空はここまで話すと一息ついて続けた。

「さてさて、前置きが長くなってしまったが、長明どのは朝廷や公家衆の歌会などによく招じられておられたようですから、ご承知と思われるが、公家の世界は魑魅魍魎《ちみもうりょう》の世界でござる。維盛さまがなぜ屋島脱出を諮《はか》られたのかという理由の多くはそこにある。要するに維盛さまは、平家一門からも、ああいう世界からも逃れたかったのじゃ。そこでわしは、すぐさま高野聖や渡辺党、摂津の漁民、熊野の山伏や漁民海賊らとも連絡をとりつつ、維盛さまの屋島脱出計画をはかったのじゃ」

慈空はそう言って、屋島脱出から熊野・高野までの遁走について、つぶさに語りだしたのだが、クジラなる海の聖獣の話になると予はまったく想像できないことだった。

平家一門は都落ちするとき、六波羅の屋敷のすべてを焼きつくし、都をあとにしたその晩は、福原で一泊した。そして翌日、その福原の都にも火をつけて、大和田の港から数百艘の船に便乗し、太宰府へと向かったのだ。清盛公が築き上げた福原の新都は三年も放置されて荒れ放題で、平家の行く末を象徴するかのようだったという。船旅に慣れない女子供たちの悲哀を抱えた船団は、三日後に太宰府の港に着いたが、ホッとする間もなく、ほうほうの体で再び船に乗り込み、屋島に拠点を移すことになった。維盛が案じていたように、太宰府の藤原頼輔をはじめ九州の豪族らは、もはや平氏を見限っていたからだ。

屋島に安徳天皇の仮宮を建て、平家一門の仮住まいも出来上がると、屋島から山陽道を上り、船でも大和田へと上り、源氏を迎え撃つことになった。その当初、平家軍は善戦して都に迫る勢いだったそうだが、義経の奇襲戦法で壊滅的に敗れ、再び屋島へと逃げ込むことになった。一の谷や湊川では、名の知れた多くの武将が討ち死にしたが、維盛はこの戦いに出ることなく、船団が大和田の港へ向かう数日前に姿をくらましたのだった。維盛は、平家の船団が太宰府から戻って屋島に着いてからすぐにも屋島を出たいと望んだが、慈空のほうで段取りができず、半月ほど遅れてしまったのだった。

元暦元年（一一八四）、初秋の無月の夜を、屋島脱出の日と決めていた。

平家一門と兵らが寄り添う屋敷を、夜陰にまぎれひそかに出てから、海岸に近い岩陰に、維盛と慈空を含め六人が身を寄せ合い、迎えの舟を待っていた。その中には、宗盛の養子になっていた宗親、のちの智海もいた。もともと武芸を好まず学問好きの宗親は源氏との和睦を望み、日ごろから維盛に親近感を抱いていたらしい。維盛が「屋島を出ようと思う。そなたも来るか」と宗親に密かに問うと、「喜んで」と即座に答えたという。

宗親は、「平家にあらずんば人にあらず」と豪語して、清盛の側近で政治好きでもあった兄の時忠とは対照的で、性格もおとなしい。それでも平家一門の一人の担い手として、治承三年（一一七九）に阿波守に任じられて以来、阿波民部の田口成良《しげよし》と密接な関係をつくっていた。

紀氏の流れを汲む田口氏は、阿波国、讃岐国に勢力を張り、田口成良は早い時期から清盛公に仕え、大輪田泊の築港奉行を務め、日宋貿易にも携わっていた。それだけに、平氏一族が福原から逃れてくるときも、太宰府から屋島に戻ってくるときも、成良の阿波水軍はその先導役となったのだ。

しかし今は宗盛の指揮下にある阿波水軍に屋島脱出を手助けしてもらうわけにはいかない。そこで慈空は、摂津や熊野にいる漁師に手助けしてもらうことにしたのだ。遠い熊野との連絡に手間取り、段取りが遅れたのはそのせいだった。

維盛が屋島脱出をはかる目的の一つは、熊野の湛増に出会って、裏切りかねない熊野水軍の加勢を約束させることだったが、この一年ほど後、湛増の率いる熊野水軍ばかりか阿波水軍までが平氏を裏切るとは、田口成良本人はもとより平氏の誰一人が知るよしもなかったのだ……。

強風をよけて岩陰で待つこと、一刻（二時間）もなろうかというときだった。慈空の弟子の石堂丸が、チッと舌打ちしながら、低い声でつぶやいた。

「ほんとに舟は渡辺津を出たのか……？」

「まちがいないがな。おれを疑うのか」

権左がうるさそうに答えた。

渡辺津の漁師の子で夜盗の一味でもあった権左は十八歳、筋骨たくましいが鼠のようにすばしこい。源氏の血筋をひくという十六歳の石堂丸は、体は細いがなかなかの知恵者であり、権左とは好対照だった。二人とも少年時に夜盗の一味として殺されかけたところを救ってくれた師の慈空に対しては命も惜しまずはたらいた。

権左は腰をかがめて岩陰から抜け出すと、しばらく暗い海上を眺めていたが、やがて首を回すと、小声で言った。

「石堂丸よ、ほれ、やってきたぞ」

呼ばれた石堂丸は飛び上がるように岩場から駆け寄り、権左の横に立つと、腰をかがめて海上を眺めた。

「何も見えんがな」と呟いたが、夜目が慣れてくると半里ほど向こうに小舟が近づいてくるのが見えた。舳先に豆粒ほどの灯が点灯している。

「おぉ、きた」と言うなり、石堂丸は岩場にもどって砂地に片膝をついて言った。

「維盛様、待ち望んだ舟がやってまいりました。どうぞお支度を」

「ごくろうであった。慈空、風が強まってきたが、嵐にならぬだろうか」

維盛は、横でうずくまっていた慈空にそれとなく言った。

「ご案じめされまするな。我らには必ずや仏のご加護がありますぞ」

「そうか、慈空の有難い念力が頼りじゃな。いざとなれば龍神を鎮めてくれ、あはは」

維盛は明るい声で言うと、「宗親どの、まいろうぞ。高野山の極楽へ」と軽口を言いながら、海岸へゆっくりと歩をすすめていった。

維盛も宗親も、鎧兜をすべて脱ぎ捨て、慈空が用意していた山伏の姿になっている。鈴懸という麻布朝黄色の衣装をまとい、手甲・脚絆、頭には頭巾、手には錫杖にほら貝という完璧な山伏姿であった。万一、源氏の兵に見つかったときの用心であった。武士の服装から着替えたとき維盛は、

「こんなに身軽になったら鳥のように空でも飛べそうじゃな」と無邪気に喜んでいた。

岩場にいたもう一人、摂津の漁師の吉松は用意していた松明を岩場の陰で火を点じてから

石堂丸に手渡した。石堂丸がその松明で後に続いた維盛と宗親の足元を照らしながら海辺に近づいていくうちに、吉松と権左は近づいてきた舟を砂場に引き上げた。十人ばかりが乗れるその舟は、慈空が吉松の仲間である阿音という摂津の漁師に頼んでいたものだ。阿音は知能が少し足りないが、信仰心が篤く、太融寺の広い敷地の一角にある小屋に棲みついていた。慈空の頼み事はどんなことでも聞いてくれる。

二人の舟子を引きつれていた阿音に、

「ごくろうであった。源氏の兵に見つからなんだか」と慈空が問うと、

「大川の各所に源氏の白旗がはためいておりまする。見つかって、とがめられましたが、イカ釣りに行くと申したら、なんの沙汰もございませんでした」

「そうか、やはりの」

維盛が慈空の後ろから舟に歩み寄ると、

「石堂丸、松明はもう消したがいいぞ」

権左が陸のほうを見ながら小声で言った。海岸から一里も離れていない丘の上にある寺社や民家、仮小屋に福原や京から逃れてきた平家の落人数百人が寝静まっている。番兵の松明がときおり樹木の間から漏れてみえた。権左が案じたのは、丘の上の番兵に見つかる恐れがあるからだった。

「維盛さまが舟に上られるまでのことよ」

石堂丸はそう答えたが、権左はいきなり石堂丸の手から松明をもぎとるや海に放り投げて、舟から身軽に飛び降りた阿音に言った。

「渡辺の舟子が来たからには灯りは無用じゃ、のう」

「そうじゃ。この舟の松明ひとつで十分じゃ。わしらに任せておき。大船に乗ったつもりでな」

と阿音が言うと

「そうか、たしかに大舟じゃ」

権左は笑いながら波際の舟のそばに立つと、維盛、宗親、慈空の順に手をとって舟上に導いた。石堂丸と吉松が続き、権左が最後に舟に飛び乗った。

岩場に寄せる波が、岩にぶつかった拍子に舟が揺れた。ひとつ間違うと座礁してしまうが、闇の中でも阿音と二人の舟子は慣れた手つきで櫂をあやつり、岩場から離れた。

そこは、数カ月のちに義経が上陸してきた勝浦から一里と離れていない小さな漁港であった。沖に向かって半刻ほど行ったところで新宮と太地を拠点とする熊野水軍からの迎えの軍船が待っていた。慈空が熊野水軍の頭である熊次郎に迎えを頼んでいたものだ。闇に包まれてよく見えないが、その巨大さに慈空は仰天した。そして近づくにつれて一同がそろって嘆声をあげた。

見上げるその高さは、二十尺以上もあるかと思われた。舳先の高さはそれより十尺ほど高く見えた。しかも巨大な帆が三本もある。清盛が日宋交易ために何艘も建造された船よりも大きいことは間違いない。二倍とは言えぬにしても一回りは大きいだろうと船影から察せられた。

なぜこのような船が造られたのか、乗船してから熊次郎の話を聞いて、慈空はこの船があと数艘もあれば源氏など恐れるものではないと感じ入った。

小舟が近づくと軍船の甲板から松明が合図を送ってきた。舟が軍船に横付けすると、縄梯子が下ろされた。

「阿音よ、ごくろうであった。イカでも釣って帰るがよいが、雲行きが怪しいようだ。嵐にあわないうち吉松も一緒に渡辺へ帰るがよいぞ。」

慈空はそう言って、用意していた砂金の袋を阿音に手渡した。

「慈空さまも、お達者で。太融寺にお戻りになったら、またお目にかかりまする」

そこで阿音らと別れ、全員が軍船に乗り移った。

「これが、父が待ち望んでおられた軍船か」

維盛は巨大なマストの柱や厚い舟板を撫でたりして舳先の方へ歩みよると、

「おひさしうございます」

左手に松明を持った熊次郎が右膝をついて深々と頭をさげた。その名のごとく、熊のような大男だった。

「おお、熊次郎、久しぶりじゃな。こたびはよしなに頼むぞ」

そう言って維盛は歩み寄り、熊次郎の岩のような肩をたたいた。

「いのちにかけて。息子の一朗太とともにまかり出でました」

熊次郎は舳先の端にいた一朗太を振り返ると、

「これ、そんなところに立っておらんと、きちんとご挨拶をせい」と言ったが、一朗太は黙って頭を下げている。背丈が高くひょろとしていたが、筋肉隆々としたところは父親譲りのようだ。

「一朗太はいくつになるかの」と維盛は歩み寄って優しく声をかけた。

「十五になります」と、一朗太がぽつりと答えた。

「ほう、もうそんなになったか。わしのことは覚えておるか。」

「はい、よく覚えておりまする。六代さまと遊んだことも」

「おお、六代のことも覚えておったか」

維盛が感無量といった声をあげると、熊次郎が横から言った。

「六代さまは一朗太より三つ年下でありまするが、一朗太は文字など教えてもらっておりました」

「そうであったか……」

維盛はぽつりと言って黙り込み、まだ見えない水平線のほうへ視線をさ迷わせていたが、「それにしても、巨大な船じゃな。日本の船大工では造れまい」と、矢継ぎ早な質問を熊次郎にあびせはじめた。

「お父上の重盛公のおかげにて存じます。重盛公が重源どのにお頼みして宋の腕のよい船大工を二人招くことができたのです」

「なに、あの重源殿が。わしは出会ったことがないが、父はよく、僧侶にしておくのは惜しいと話をされていた。重源どのは宋には何度も渡られておるそうじゃから、船大工を連れてくることもたやすかろう」

「まことに、おおせのとおりでございます」

重盛は、重源が引き連れてきた宋国の船大工二人を、熊野詣のとき熊次郎に出合わせた。重盛が亡くなる三年ほど前のことだったという。

「この軍船が十艘もあれば、津々浦々の海賊どもを楽に束ねることができよう」

と重盛は言って、完成を楽しみにしていたそうだが、進水式の数カ月前に息を引き取った。

「祖父の入道相国も、宋との交易のためばかりでなく安芸の厳島神社へのお参りのため宋船を何艘も造られた。わしは何度もその船には乗っておるが、この船は二回りも大きいようじゃな。

湛増もこの船を持っておるのか」

「いや、欲しがっておりますが、重盛さまのおかげで造ることできたこの船を、やすやすと造らせません。わしは湛増ごとき者の言いなりにはなりません」

「それで何ともないのか。熊野水軍を顎ひとつで動かす男に逆らってよいのか。湛増めは若いころから欲深でな、欲しいものは何でも手に入れんとする」

維盛はそう言って苦笑した。熊野水軍は湛増が束ねていると聞いていたが、どうやら熊次郎は湛増とは一線を引いているようだった。一介の漁師にすぎなかった熊次郎は、重盛に見込まれるほどの知力胆力があり、修験行者としての信仰心でも重盛に信頼されたのだろう。湛増を懼《おそ》れないのはおそらくそこにある。

「この船は安定度も速さも大きく勝っております。右舷左舷の舟板には鱗のように鉄板を巻いておりますゆえ、相当な財力もなければ簡単には造れません。あと三艘もあれば、湛増の熊野水軍が束になってかかっても、蹴散らすことができましょう」

「そうか、心強いの。風が強くなってきたせいか、急に船足が速くなった。櫂は何人で漕ぐのか」

「左右で舟子三十人でございます。いまは休んでおりますが、櫂をこいだら倍以上の速さになりまする」

「うーむ」維盛は驚嘆して、それからも船の構造などを次々と問いかけた。熊次郎の説明を要約するところういうことだった。

和船には船の中央を支える構造材である竜骨があるが、この船にはそれがない。その代わり、船の左右を梁で仕切って強化している。梁の隔壁で区切ることで船幅を広げることができ、耐波性に優れ、喫水の浅い海の航行も可能となる。横に平べったくなって船倉の深さには限度があるが、それでも船体が大きいので船倉に二百人は入れる。

帆には、横方向に多数の割り竹が挿入されているため風上への切り上り性に優れ、また、一枚の帆全体を帆柱頂部から吊り下げているので、突風が近づいた時も素早く帆を下ろすことができる。ざっとこのような話だったが、熊次郎は船体説明の最後にぽつりと言った。

「重盛さまはこの船の完成を待たずに亡くなられました。それが口惜しく存じます」

「そうか。父は、さぞかし無念であったろうな。信仰の篤い父ゆえ、この船で宋国の寺々に参拝もされたかったであろう」

維盛は、父重盛の無念さを我が身に重ねたのか、ふと目じりを袂でぬぐう仕草をした。慈空はこの父子に仕えてきただけに、平家一門から去ったというよりのけ者にされた維盛の心中察するものがある。

思い返せば、朝廷の殿上人ではなかった平氏が一躍勢力をつけたのは、保元の乱、平治の乱での勲功もさることながら、越前守であった入道相国清盛の父・忠盛《ただもり》が日宋貿易に着目し舶来品を院に進呈して近臣として認められるようになったことにある。そして入道相国も、大宰大弐《だざいのだいに》となった頃、この国では初めての人工港を博多に築き貿易を本格化させた。承安三年（一一七三）には摂津国の福原に大輪田泊《おおわだのとまり》を拡張し、宋国と正式に国交を開くと、貿易振興策を講じた。唐船と呼ばれた宋の商船を何隻も所有し、また、それまで太宰府まで来ていた宋船を瀬戸内海まで回すようにはからった。入道相国が福原への遷都を断行したのも海外貿易へ目を向けていたからだった。しかし朝廷も公卿らも、そんな入道相国の壮大な夢はよくわかっていなかったようだ。

重盛はむろん父の思いを理解していたし、入道相国にしても嫡子としての重盛に平家一門の未来を託していた。しかし重盛は体があまり丈夫でなかったせいか、また生来の温和な性格もあって入道相国のように敵をつくらず、魑魅魍魎《ちみもうりょう》の公家社会との融和を第一とする人であった。慈空には、時にはそれが少し歯がゆいところでもあったが、維盛はどちらかといえば入道相国の気性を受けついでいるようだ。

いまこうして暗い海の船上にいる維盛が、熊野別当の湛増に会いにいくというのは、平氏一門への最後の奉公と思い定めているのだろう。慈空にはそれがわかっていたが、その後はどうするのか、さっぱりわからないのだ。維盛本人にしてもそれは同じだった。

維盛は、軍船のことを熊次郎からあれこれ聞いた後、軍船の屋形のなかに入るやいなや倒れ込むようにして横になり、激しいいびきをかきながら寝入ってしまった。

　こうして維盛と四人を乗せた軍船は、屋島から一路熊野へ向かって逃れていった。


「龍がひそむ雨雲が出てきよったな。夕刻前には嵐になるぞ」

　軍船の舳先に立つ熊次郎が、後ろに控えた一朗太にぽつりとつぶやいた。

「東風が強くなってきよった……。オヤジ、夕刻前どころか、あと一刻もしたら大雨になるわい」

「そうやな、早まりそうだ。おまえも海の天候がわかるようになったな」

「馬鹿にすな。十年も乗っておれば、それぐらいわかる」

「あはは、生意気な。田辺に着く前に、暴風になるぞ。住吉大社の湾で嵐が過ぎるのを待たないといかん」

　そんな親子の会話を、慈空は甲板でむしろをかぶって寝ながら聞いていた。維盛やほかの三人は屋形に入っていたが、船酔いに弱い慈空は、屋形の中に入ると吐き続けることになる。すでに吐くものがないほど胃の中は空っぽになっていた。

　しばらくすると船の揺れが不規則に激しくなっていった。おちおちと寝る気分でなくなった慈空は、起き上がると熊次郎のそばに行って尋ねた。

「いま聞いたが、住吉に寄るとな」

「ああ、慈空どの、起きられましたか。この様子では田辺までは無理でござる。住吉にいったん避難いたそうかと」

「うん、そうしてくれ。却ってそのほうが都合もよい。田辺の湛増に会うのは二、三日遅れたところで問題なかろう。維盛さまにはいずれ住吉から間近い法楽寺に参拝していただこうと考えておったところだ」

「以前お聞きし申した重盛さまご創建の寺ですな。それはようござった。龍神もそれを望んでおるようじゃ、あははっ」

船は大揺れに揺れながらも快走していたが、しだいに渦巻く大波が上下左右に船を翻弄するようになった。

どすん、どすんと船が波の底に落ちる度に、慈空は船底が破れないかと肝を冷やした。大波が滝のように甲板に流れこみ、足を滑らせて、危うく海に落ちそうになる舟子もいたが、さすがに落ち着いたものだ。

「帆を下ろせ、早くしろ」

一朗太が舟子たちに大声で叫んでいる。

「慈空どの、波にさらわれるから屋形の中に入られませ」と熊次郎が何度か言ったが、「いや、だいじょうぶや。ここで龍神に祈ろう」と強がりを言った。

「ははは っ、頑固な慈空どのや」と熊次郎は笑い、一朗太に向かって叫んだ。

「このままだと、住吉に着く前に暴風にやられるか、潮に流されるぞ。一朗太、ほら貝を鳴らしてお前のクジラを呼んでみよ。熊野を出るとき、船を見送るように途中まで付いてきたから、すぐ近くにいるかもしれんて」

「たぶん、いるはずや。小半刻もしないうちに来てくれるやろう」

一朗太は涼しげな顔で言うと、船室に急いで降りて行った。

「熊次郎、クジラとは、いったい何のことじゃ」と慈空は尋ねたが、熊次郎はただ無言で笑みを浮かべ「まぁ、見ておいでなさい。見たことのない人に、説明は難しいけん」と言った。

一朗太は、山伏が吹くほら貝を片手に持ち、十二、三尺もあろうかという太い竹竿を、舟子二人とともに担いで出てきた。

「この風ではほら貝の音が弱まってしまう。おれがほら貝を吹いている間、この竹竿の先を海面につけておいてくれ」

一朗太が舟子に命じているそばで、熊次郎が言った。

「この波風では、二人や三人では竹竿が波に持っていかれるぞ。五、六人がかりでやれ」

竹竿は空洞になっているが、熊次郎の太ももほどもあって相当重い。右舷に居並んだ舟子たちは波しぶきを受けながら、竹竿の端と中ほどにむすんだ縄を二人が肩にまきつけ、ほかの三人が竹竿の先端の一尺ほどを海面に突き刺し、懸命に支えていた。どうやら竹竿の空洞からほら貝の音を海中に響かせるということらしい。

「こうすると、クジラとやらに音が伝わりやすいのか」

慈空が熊次郎に尋ねると、

「わしにはよくわからんのですが、海の中では音の伝わるのが速いと、若いころ海女だったばあさんのキヨから教わったようです。なにしろ一朗太とクジラは一心同体でありますからな」

と熊次郎は答えて笑った。

一朗太は右舷舟板の横に立ち、両足を大きく開いて踏ん張り、ほら貝を竹筒の穴に向けて吹き続けている。

ブォー、ブォー、ブォー、ブォー、キュー、キュー、キュー、キュー、グウォー、グウォー、低い音、高い音が、波風に打ち消されながらも海上を滑り、竹筒を通してクジラにも伝わっていく。

波しぶきがようしゃなく、一朗太や舟子たちの顔や胸にかかってくる。命綱で体をむすんだ舟子たちは、懸命に櫓をこぎ続けているが、熊次郎は赤不動明王のような形相でその眼差しを海上に向けていた。

キュー、キュー、キュー、グウォー、グウォーほら貝の音色は、戦に向かう侍たちを勇猛果敢にさせるものがあるが、哀調を帯びた高い音色は祈りの声にも聞こえる。海の龍神に祈っているようだ。観音の手と我が手を五色のひもで結んで祈ると観音浄土に導かれるという仏教法要があるが、一朗太のほら貝の音色は五色のひもに似たものかもしれないと慈空は想った。

グウォー、グウォー、ブォー、ブォー、ブォー、ブォー、キュー、キュー

吹き始めてから小半刻もたっていなかった。突然、熊次郎が舳先の方へ右手を指し向けて、叫んだ。

「来た、来たぞぉ！　一朗太、見ろ。クジラが、クジラが来た」

一朗太は精根尽き果てたように、いったんしゃがみ込んだが、すぐ腰を上げて舳先に走り寄って、半里ほど先の海上を見つめた。まさにそのとき、東の空の水平線に日が昇りかけて、海面がキラキラと光りはじめた。

「おお、おれのクジラが来た。どうやら子連れで来たようじゃ。おっ、こちらにも二頭、三頭、四、五、六……。オヤジ、おれのクジラが十頭以上仲間を連れてきたぞ」

「そうか、ありがたや、ありがたや。竹竿をもどしたらいいぞ」と熊次郎が舟子に命じたとき、

「うおー、イルカも何百頭とお供をしている」

一朗太は喜びがはじけたように絶叫した。

そのときだった。太陽の光に向けて、先頭のクジラが海面から十尺ほど飛び上がった。その水しぶきが、船の近くまで飛んできた。後ろに続く二頭目、三頭目のクジラも続けざまに飛び上がった。

「うおー」一朗太の絶叫に合わせて熊次郎も慈空もほぼ同時に叫んでいた。

慈空は初めてみるクジラなるものに、思わず手を合わせ、大日如来の真言を繰り返し唱えていた。こんな巨大な生き物が海に住んでいるという不思議さに感動を覚えたというよりも、生命の神秘そのものであり、これも大日如来の化身の一つなのだと思ったのだ。これは見た者しかわからないであろう。言葉ではとうてい言い尽くせない、神聖にして荘厳なる姿である。

慈空がそんな感想を抱きながら、二十頭以上ものクジラが二列なって悠々と船の先を進むさまを呆然と見ていると、いつの間にか、維盛が後ろに立っていた。石堂丸、権左も後ろに控えていたが、気分がすぐれないという宗親は船倉で横になっていた。

「慈空、どうしたのじゃ。激しい揺れで目が覚めたのじゃが、いまこの船は、そのクジラとやらに先導されておるようじゃが」

と維盛が尋ねると、慈空は一点を指さしながら答えた。

「どうも、そのようです。あれをご覧ください。クジラとイルカの走る後は海流が一筋の川のようになっております」

「お目覚めですか。ご覧のとおり、一朗太のクジラにお供するイルカの大群がその川筋をつくりだしておるのでござります」と熊次郎が言った。

「一朗太のクジラとな？」

「あはは、わしがそう言っておるだけで、当のクジラのほうはどう思っておるやら。いずれにしろ、一朗太に懐いておるのです」

「懐いておると……」

「そうです。いちばん先頭をゆくクジラは母子クジラです。三年ほど前、一朗太が熊野の海で子クジラが岩礁で遭難しているのを救ったことが母クジラと一朗太の奇縁となりもうした。以来、あの母クジラは、一朗太がほら貝を吹くと一刻もしないうちに現れるようになりました」

「ほう、なんとまた美しい物語であることよ。裏切りばかりが常となった人間の修羅とは大違いじゃ。はっははっ」

　維盛はそう言うと力のない笑いをもらした。

「まことに。ところで、このクジラとイルカのおかげで、無事に住吉に着きそうだが、あとどれほどかかるかの」と慈空が問うと、

「そうですなぁ、あと一刻もすれば」と熊次郎はのんびりした声で応えた。

「慈空よ、いま住吉と言ったが……、田辺ではなかったのか」

「申し遅れましたが、田辺まで行くまでに、この暴風に遭難の怖れありとのよし。そこで急きょ、住吉の湾に避難しようと。重盛公の創建された法楽寺にお参りいたしましょう」

「そうか、それはよい考えじゃ。わしも法楽寺に参りたいと思っていたところじゃ。それもこのクジラとイルカのおかげじゃな。いやいや、一朗太と熊次郎があってのクジラじゃが、あはは」

「恐れいりまする、わしも息子のクジラに救われました」

一朗太が、またほら貝を吹いた。今度は先の音色より高く短かったが、それが合図となったのか、先頭のクジラが尾びれを高く持ち上げると、体をねじるように反転させて海面から高く飛び上がった。黒光りする巨体が一瞬宙に浮くと、黒い雨雲の隙間からかすかに漏れる朝日で銀灰色に輝いた。

「うおー」と維盛が奇声を上げるのと同時に、慈空たちも驚嘆の声を発していた。

母クジラに続いて子クジラが飛び、続けて後ろのクジラも次々と大きく跳ね上がっていく。それはまるで舞踏のようであった。クジラの両脇を並走するイルカの群れも次々とトビウオのように前方に飛び跳ねていく。先頭のクジラが東方向に旋回すると後に続くクジラもイルカも整然と方向を変え、まるで軍列の儀式のようにも見えた。

皆しばらく呆然と眺めていたが、維盛はふと我に返って熊次郎に問うた。

「先頭の母クジラは、どれほどの大きさなのか。三十尺もあろうか」

するとと熊次郎は、口元をほころばせながら答えた。

「五十尺、いや、それ以上の大きさはござりましょう」

「なんと、五十尺とな。それでは奈良の大仏よりも大きいではないか。大日如来の使いの海の聖獣じゃな」

すると一朗太が、躊躇したかのように少し間を置いて答えた。

「いえ、怖れながら、クジラは獣ではござりません。この大海原の守護神だとわしは思っておりまする」

「あはは、そうかそうか、守護神か。無礼なことを申した。そちの熱い思い、わしにもよくわかるぞ。まさに守護神と呼ぶにふさわしいぞ」

「恐れ入りまする」と、一朗太と熊次郎が同時に言って頭を下げた。

波風の音にかき消されて聞こえにくかったが、クジラが歌うような声を出し続けていた。

一朗太がほら貝を鳴らすと、それに応えるかのように、クジラの声の節回しがほら貝と似ていた。

ブウオー、ブウオー、ブウオー、ピュオー、ピュオー、ピュオー、キュー、キュー、
ピュオー、ピュオー、キュー、キュー、ブウオー、ブウオー、ブウオー……

波風は変わらず吹き荒れていたが、いくぶんか和らぎ、クジラとイルカが導く海の路を進む船上は、不思議と静寂に包まれているような錯覚があった。クジラたちの唄声はときに長くときに短く響き、韻をふんだ旋律があり、真言の声明のようにも聞こえてきた。

オーン　アボキャ　ベイロシャノウ　マカボダラ　マニ　ハンドマ　ジンバラ　ハラバリタヤ　ウーン

気づいたら慈空は合掌して、クジラの唄に合わせて光明真言を口の中で唱えていた。皆がみな、神妙な面持ちでクジラのマントラに耳を傾けている。慈空がふと維盛に頭をめぐらすと、閉じた目から一筋の涙が光って見えた。

十数頭のクジラとイルカの大群が、荒れ海に一筋の川の流れをつくり、熊次郎の船はこの流れに乗ってすすむことができた。クジラの出現がなかったら、いかに熊次郎が誇る大船でも遭難していたかもしれなかった。一朗太の言う大海原の守護神のおかげで、熊次郎の軍船は万葉の時代から詠われている白砂青松の海岸が続く住吉の入江に無事着いたのだった。

住吉大社の浜についたのは、屋島を出た翌日の昼どきだった。クジラとイルカの群れは、一朗太がほら貝を吹くと、それを合図に軍船から離れ、南の方へ消えていった。浜は遠浅で岩場が多いので、浜から半里ほど手前で軍船から降ろした小舟に移り、三人の舟子が櫂と艪を操った。軍船は、暴風が収まるのを湾内で待って、熊野に戻ることになり、維盛と慈空ら四人は、住吉大社と法楽寺を参拝したのち、馬で田辺に向かうことにした。

先にも述べたが、法楽寺は住吉の浜から二里ほど、熊野街道沿いからやや東に向かったところにある。このあたりは馬の放牧地が多いことも先に話したが、海からも近いということは、馬が大量に必要とする塩も豊富に取れるということだ。

住吉大社から法楽寺まで馬を走らせたら半刻とかからないが、山伏姿となった維盛ら五人はゆるりゆるりと馬の歩をすすめた。陸に上がってしばらくすると風はまだ強かったが雨はほとんど上がっていた。途中、源氏方の兵に出会うことがあれば、蹴散らすまでと思ったが、幸いにもそれらしき者とは出会うことなく、維盛は辺りの風景に幼い昔を思い出したのか、馬を寄せて慈空に話しかけた。

「慈空よ、覚えておるか。高倉天皇が即位されたときの八十嶋《やそしま》祭のことを」

「はぁ、むろん覚えておりますとも。たしか維盛さまはまだ九歳でした。寒い晩秋でしたな」

「そうそう、寒かった。わしは軍馬の行列に続く牛車の中で寝てしまった。それにしても、まことに奇妙な式典であったな。なぜこんな仰々しいことをしないといけないのかと思うたわ。わしより二歳下の高倉天皇が気の毒に思えたもんじゃよ」

「まことに。おおせのとおり。それでも清盛公をはじめ、重盛公と祭使の典侍《ないしのすけ》となられた北の方、平家一門の方々もこの世の春といった派手やかな衣装を競いおうておりましたな」

八十嶋祭というのは、天皇即位のあと、大嘗会の翌年に難波津で行われた儀式だった。天皇はむろんのこと、多くの者は一生に一度出会えるかどうかの古式である。二条天皇（第七八代）の八十島祭の典侍には清盛の妻時子が、高倉天皇（第八十代）のときは重盛の妻経子が典侍となった。

宮中の女官が難波津から船にのって西の方に向き、御幣を捧げて禊を行ったあと、新天皇が「一撫一息した」御衣が入った筥《はこ》を開いてこれを振る。禊祓《みそぎはらえ》の儀式によって穢《けが》れを払われた御衣《みころも》は新天皇のもとに返される。すなわち八十嶋祭とは、平家一門の総力をあげて大行列をつくり、財力武力ともに天下に見せつける儀式でもあったわけだ。

「クジラを見たせいか、あの八十嶋祭のことをふと思い出したのじゃ。南方には補陀落浄土があるというので、船に乗って入水する僧侶もいると聞いたが、このはてしのない大海はクジラたちの浄土なのじゃろうかな。海の上で八十嶋祭をするようになったのは、いつの頃なのか誰が考えたものかわしは知らん。華麗で神々しくもある儀式じゃったが、クジラからしてれば、人間はなんと奇怪な生き物であると思うじゃろうと。あっはっはっ」

「まさに、守護神のクジラから見たら、人間は哀れな生き物でありましょう」

馬の背でそんな話をしながら、のんびり歩をすすめたが、法楽寺にはすぐ着いた。宗親はさっそく本堂に参り経を唱えはじめ、権左と石堂丸は馬に飼葉を与えたり、風太という名の若い堂守とともに夕餉の仕度などをしていた。

この寺の由来などは先に話したので繰り返さないが、維盛が喜び感動したのは、本堂の前に重盛が記念に植えた楠木の苗木が、幼子の腕で一抱えほどの大木になっていたことだ。境内にはほかに十本ほど楠木が茂っているが、その楠木だけは重盛が手づから植えたものだった。そのとき維盛は十五歳だった。

楠木の葉はだいぶ散り、掃きためた枯葉が根本に寄せられていた。維盛は、足元の枯葉を何枚か手に取ると、梢を見上げながらつぶやいた。

「そちのためにこれを植えると、父がおっしゃったのをよく覚えておる」

「楠木は大木となれば船の材料となります。父上はそのことを暗にお示しになられたのかと思いまする」

「そうであろうか。だとしても大木になるまでに百年はかかるだろうよ」

「熊野に行きますれば、巨木はいくらでもありますぞ」

「だが船の材料があったところで、熊次郎のような軍船を作るには相当な大金が要る」

維盛がため息をついたところで、「実は、そのことですが」と、慈空はここぞとばかりに言った。

「維盛さまをこの寺にお連れしたのは、重盛公からお預かりした宝とご遺言をお伝えしたかったからです」

「なに、宝と遺言じゃと」

「この楠木の根本にその宝を隠しておりますが、それは人目につかないときに掘り起こします」

「どれほどの宝なのじゃ」

「ざっと金五万両ほどございます。もっとも、この楠木の根本だけでは不用心ゆえ、太融寺や高野山の各所に分散しております。もしわしが死んだときには行方がわからなくなりますので、弟子の石堂丸や権左には分散したその一部だけを伝えております」

「うーむ。で、このわしにどうせよ、というのか」

「それはご自分でお考えくだされ。私が言うことではありませぬ」

「それはそうだ」とぽつりと言うと、維盛は悩まし気な顔をして楠木を仰ぎみたまま、じっと黙り込んでしまった。

安元（一一七五~七七）のころ、重盛は鎮西から妙典という船頭を都へ呼び寄せ、人払いをして金三千五百両を預け、宋国へ渡らせたことがあった。三千両を宋朝に運んで、育王山の仏照禅師徳光に会って、千両は寺の僧に、二千両は皇帝に献上してもらい、残りの五百両は妙典に与えようということであった。平朝臣重盛が後世に極楽浄土に往生されるよう祈ってもらいたいというのが、この寄進の願いであったという。

「東大寺の勧進聖として名高い重源上人は、周防の木材を育王山の仏舎利建立のために寄進していたので、おそらく重盛公は重源から育王山のことをお聞きしていたのでありましょう。重盛公は東北の気仙沼あたりを知行していましたので、その地にある金山から産出した莫大な金を、育王山への献金に充てたと思われます」

慈空はさすがに重盛の側近だっただけに、そうした秘密の内実にも詳しかった。

やがて育王山の仏照禅師から重盛の徳に報いて二顆《つぶ》の仏舎利が贈られてきた。それをきっかけに重盛は舎利を納める仏舎利塔を建立することとなり、それまでは小さな寺だった法楽寺に本格的な伽藍が整えられていった。

このように重盛は信心深い人であったが、慈空の目には異常と思われることもあった。たとえば、東山のふもとに阿弥陀如来の四十八願になぞらえて、四十八間の寺院を建立したことである。その一間ごとに四十八の灯篭をかけ、浄土が出現したと思うばかりに光輝いた。毎月十四、五日の二日間、若くて美貌の女房たちを集めて、一間に六人ずつ、二百八十八人に一心不乱に念仏を唱えさせた。そして十五日の結願の日には、重盛は自らこの行道に加わり、「南無安養教主弥陀善逝、三界六道の衆生を、あまねくお救いください」と西方に向かって唱えた。

慈空は何度もお供してこの光景を見たが、念仏三昧で恍惚となった女房は、重盛の言葉に涙する者が多かった半面、白けて疲れはてた顔をした女房も少なくなかった。

こうした贅沢ともいえる法要ができるのも、平家の財力があればこそだが、念仏信仰が巷にあふれていたゆえでもある。

「わしは流行り病のごとき念仏信仰には疑いを持っていた。むろんそんなことは口に出せることではないが、真実の祈りとは何なのかと、その頃から思い悩むようになったのじゃよ。祈らざるをえない人間の性というものは救いがたいとな」

慈空はそう言って苦笑いしたが、「前左大臣の重盛公が国を憂うる気持ちには真摯なものがあったのだ」と、いかにも主君想いらしいことを続けて語った。

四度目の熊野詣に参ったとき、重盛はその道中で血を吐いた。熊野から帰京すると病の床に臥したが、「熊野権現は我が願をご納受された」と寂しく笑って言うと、医者の治療を受けず、高僧の祈祷も断ってしまった。慈空は懸命に「お薬だけでも」とすすめたが、それも拒まれた。

そんなある日、福原の別荘にいた入道相国の使者として使わされた越中前司盛俊が困り果てたような顔で、次のように慈空に報告したという。

「いまちょうど、宋国からすぐれた名医が来ている。その医者の治療を受けるようにとの入道相国の言葉をお伝え申しました。ところが重盛公は、親の心配も無碍《むげ》に断られ、国の恥だとも申されたのじゃ。『この病がもし前世から定められた業報であるなら、治療しても無駄である。定業の病は癒すことがかなわぬから、釈迦も入滅されたのだ。もし、宋の医術でこの命がとりとめることがあれば、我が国の医道はないものとなる。大臣の地位にある者が、異国の医術に助けられたとあっては、国の恥となるばかりか、政道の誤りでもある。この命を失うことがあろうと、それだけは受け入れられぬ。このことを父入道に申し上げよ』と……。」

妙典という船頭に三千両を宋国に届けさせたということ、東山に建てた寺院に若い女房を呼び集め毎月盛大な法要を営んだ話、そして宋の医師の治療を頑なに拒んだこと。

慈空が語ったこれらの逸話を、維盛は楠木の前でじっと耳を傾けていたが、

「わかったぞ、慈空。父上が残された宝の使い道が」と言うと、本堂のほうへ歩みをすすめた。そして本堂に上がると、くるりと振り返って慈空に言った。

「この寺のご本尊は、不動明王であったな。わしは、後世を願う阿弥陀念仏ではなく、今を生きるために不動明王に祈念する」

「何をご祈念なさるのですか」と慈空が問うと、維盛は少年のころの腕白顔をみせ、にっと笑いながら言った。

「熊次郎に頼んで、軍船を造らせる。何艘できるのかわからんが、五万両のすべてはそのために使わせてもらおうぞ」

「あっはは、それが不動明王へのご祈念ですか。お好きになさるがよろしいです。重盛公もわしにこう遺言されておりました。『維盛は、姑息な公卿の世界ではうまく立ち回れる男ではない。平家一門の中でも苦労するだろうが、この黄金も自ら望むがまま使い、好きなように

生きるがよいと伝えよ』と」

「ありがたや、ありがたや。父上の菩提を祈ろうぞ」

維盛はそう言って、本尊の前に座りこむと、夕餉の声がかかるまで瞑想したのであった。

帰還

慈空に案内された女人が部屋に入ると伽羅のような高貴な香りが居流れた。

その女人は衣を静かにすりながら、予の前に一間ほど離れて静かに座すと、頭を深々と下げて「伴子と申します。よろしうにお頼み申します」と涼し気な声で挨拶した。年のころは四十ほどだろうか。血が透けるほど透明な白い肌といい、薄化粧の目元に小じわがなければ三十そこそこにも見える。ちと大げさかもしれぬが、観音菩薩が仏壇から降り立ったような錯覚すら覚えた。

色鮮やかな藤色の小袿《こうちぎ》といい、立ち居振る舞いといい、高貴な宮人であることがすぐに察せられ、予は年甲斐もなく緊張した。

「鴨長明でござる。こちらこそ、よろしう」と応えたが、ゆるりと頭を上げたその顔をまともに見て、予ははっとなった。それに気づいた慈空は笑いながら、「どなたかに似ておられるのに驚かれましたかな」と言った。

「いや、あまりお美しいので」と予は曖昧に言葉を濁した。

「あはは、長明どのもお若いの。美しい女人には目がくらむかの。こちらはさる藤原家の出でありますが、縁あって維盛さまの妻、新大納言局《しんだいなごんのつぼね》章子さまに長年仕えてこられた侍女《じじょ》の伴子さまでござります。わしも、重盛公と維盛さまのことで伴子さまには何かとお助けいただいた」

「はー、さようでありますか」予は恐れ入って、頭を低くさげた。

「新大納言局章子さまは、重盛公ゆかりの法楽寺にお参りしたいと申されておりましたが、この数か月ほどお体がすぐれません。そこで代わってわたくしが参った次第でございす」と伴子は品のよい笑みをかすかに浮かべて言った。

「恐れ入りまする」と予は再び頭をたれた。

世捨て人となった年寄りでも、気品と華やかさのある女人の前に出ると緊張するものだ。伴子さまの顔を正面からまともに見ることはできなんだ。

「ご挨拶はこれでよしとして、さっそく話に移ろうかな。伴子さまは今日の話がすめば、維盛さまをはじめ亡き平家の方々の菩提を弔いたいと、近いうちに出家なさるおつもりなのじゃ」

「ほう、それで、得度の師はどなたに」

「源智上人のもとで得度させていただきまする」

「それはそれは、ようござった。よき仏縁でござりますが、源智という名前は初めて耳にするが……」

予の問いに慈空が代わって応えた。

「法然上人の愛弟子に、源智という若き聖がおりましてな。実は、その源智は重盛公の孫なのじゃよ」

「なんと仏縁のみならず奇縁と申すべきか。なおさらによろしいことでござるな。で、源智の父親はどなたさまでござるか」

「父は、重盛公の末子であった師盛どのでござる。維盛さまの嫡男であられた六代、すなわち妙覚は出家することを条件に一度は頼朝の助命をえながら、ついに北条の手で殺されてしまった。そのことを思えばなおさらに仏縁の不思議さに思いが至る……」

妙覚とは、維盛の息子の六代が出家した法名である。維盛が都落ちした後、妻の新大納言局は六代と娘一人を連れて、菖蒲谷にあった藤原経房の小さな別荘に隠れていたと、伴子はか細い声で話した。

「そこは大覚寺から京見峠を経て高雄に至る山路の中ありました。ここなら見つかるまいと経房さまは申されましたが、とうとう……」

鎌倉の宰相平時政が、探索をほとんど諦めかけていたときに、ある女が密告したのだという。

「六代さまの乳母の女房は、急ぎ神護寺に馳け込み、文覚上人に若君の助命を懇願しましたところ、自ら時政の許に赴いて処分を猶予《ゆうよ》するよう頼むとともに、弟子の某を飛脚として頼朝の許に遣《つか》わしたということです」

伴子がこう言うように、文覚上人の助命嘆願が功を奏したのに違いないだろうが、これに加えて、頼朝とは旧知の間柄で、母の再婚により六代の義父となった藤原（吉田）経房の助力もあったようだ。

六代は出家して妙覚と名乗り、山々寺々を訪ねて修行し、父・維盛の菩提を弔っていた。ところが頼朝の亡き後、文覚上人が捕えられたことを知った妙覚は、急いで神護寺に戻ったところを検非違使に捕らえられ、今後の禍根を絶つためという平時政・義時父子の命により、処刑された。時に正治元年（一一九九）、妙覚二十六歳のときだったという。

妙覚の話になると、伴子の顔はにわかにくもり、瞼に袖を当ててうつむいた。慈空は、あわてて話柄《わへい》を変えた。

「源智と妙覚のことについては、のちほどまたわしの方から話をする。いまはまず、伴子さまの話からお聞きくだされ。壇ノ浦から還御された女院の方々のことを……」

平家の落人狩りは悲惨をきわめていたが、それは男だけの世界の話で、女たちの運命はまた別の悲しい物語があった。

壇ノ浦から還御された女院の一行を乗せた船団は源義経らによって守護されて難波から淀川を遡り、葛野川（桂川）を少し上った草津（京都市伏見区横大路草津町の辺り）の高畠橋の土手に着いて投錨した。文治元年（一一八五）の四月二十五日、申の刻（午後三時頃）のことであった。

義経は、難波の渡辺に着いた四月十九日の夜、院の御所へ飛脚を遣わして報告していた。しかし院の御所からは準備の都合もあるゆえ、二十五日の吉日に草津に着くようにとの指示が折返し義経に下されていたという。

伴子はそのときの光景を脳裏に浮かべ静かに語りはじめた。

「この報せが届いたとき、壇ノ浦で殿方の多くが戦死なされその悲しみに打ち沈んでいましただけに、藤原隆房《たかふさ》さまの庇護《ひご》により都の各所にひっそりと暮らしていた平氏一門にご縁のある方々は悦びにわきました。建礼門院さまをはじめ没落した平家を庇護されたのは、ひとえに藤原隆房さまのお力添えがあればこそでございました」

伴子はまず、藤原隆房への感謝の思いを述べた。そして隆房の正室は、建礼門院とはごく親しい同母の妹であったから、本人の悦びようも一入であったと付け加えた。

隠遁してはや二十年近くもなる予はことに上流貴族の政界にはうといので、「藤原隆房という人はどういうお方か」と慈空に尋ねた。すると慈空は、さすがに重盛公と維盛公に仕えてきただけに朝廷の内実に詳しく、手短にこう説明した。

藤原隆房は、藤原北家善勝寺流の出身で藤原隆季《たかすえ》の長男、母は藤原忠隆の娘であること。正二位・権大納言まで上りつめ、血筋も地位も申し分がない。平清盛の娘を正室とした関係から平家一門と親しい一方、清盛と対立し続けた後白河法皇の寵臣として信任をえていた。『千載集』に歌が入選しているほど歌人としてもすぐれ『朗詠百首』の作者ではないかといわれている。

慈空は少し皮肉っぽい笑みをうかべてこう続けた。

「たしかに、藤原隆房殿は政界遊泳術に長けているお方と評判であった。隆房どのは藤原四家のうちの主流といってよい北家善勝寺流の出であったから、平家が没落したのちも、救いの手をさしのべる力と財力がおありだったのであろう」

いずれにしても女人たちは、これまでの生活を護るためには、好むと好まざるとにかかわらず時の権力者の庇護がなくては生きていけなかったのである。

「維盛さまは、そのことを重々わかっておられました。だからこそ、妻子を都にのこして都落ちするとき、我が子の将来のためにも妻には後添いすることを強く申されたのです。維盛さまは、章子さまが権中納言・藤原経房どのという頼もしい方の後盾《うしろだて》をえられたことをたいへん喜んでおりましたぞ」

「えっ、なんと申されましたか」と伴子は我が耳を疑って、慈空に尋ねた。

「維盛さまは、新大納言局さまが藤原経房どのの後妻になられたことをご存知であらせられるのですか。新大納言局章子さまは、維盛さまが熊野の海で入水されたことをお聞きになってから、世もあらぬほど泣き伏しておられました。まさか生きておられる……」

「あっ、いやいや。……」

慈空は口ごもると、あわてて言い直した。

「わしが熊野の山中にある維盛さまの墓所にお参りした時、新大納言局章子さまが頼もしい後盾をえたことを報告すると、維盛さまの魂が喜んでおられたということじゃ」

「まぁ、そうでございましたか。新大納言局さまが再婚なされたのは、維盛さまがお亡くなりになってから数年後のことでございました。藤原経房さまは、隆房さまと同じ藤原北家の勧修寺流の出でございます。わたくしどもは隆房さまを通じて経房さまの庇護をえておりました。それでも維盛さまのことを恋しく思われて、章子さまの心痛はおさまらず、お体も弱まっておられました。壇ノ浦から女院の一行が還御されると聞いたとき、章子さまは悦びながらも、船が着くという草津までお出迎えする気力も体力もございませんでした。そこでこのわたくしに、従者の何人かとともにお出迎えするようにと申されたのでした」

京の外港にあたる草津は、石清水八幡宮へ参詣したり、難波へ下向したりする時には、そこから乗船するのが常であった。

女院一行の還御の報が朝廷に届くと、後白河法皇は寵臣《ちょうしん》・高階泰経《たかしなのやすつね》を右大臣・藤原兼実《かねざね》（九条兼実）の許に遣わし、建礼門院の処遇その他について相談させた。

まず住まいは、京中に御所を定むべきか、洛外にすべきか、それとも御身柄を源氏に預くべきかについて、意見の具申を求めたのだ。これに対して藤原兼実の回答は明確だった。

「武家にお預けするようなことは、絶対にあるべきではない。日本では古来、女性を罪するのは未聞のことである。然るべき片山里に住まいをあたえられるがよい」と答申したという。また壇ノ浦で捕虜となった平家の棟梁宗盛についての処遇も明快だった。

「わが国では死罪は行わないことになっている。生虜となっている現在、死を賜うのは穏当ではない。問題なく遠流《おんる》に処さるべきである」

この藤原兼実の言上は、おそらく後白河法皇の想定内であっただろう。それでも法皇は、摂政・藤原基通、左大臣・藤原経宗、内大臣・藤原実定のほか寵臣らにも意見を徴された。

大方の意見は兼実と同じということはわかっていたが、法皇自らの権威を再興し、朝廷内の不和を起こさないための英慮《えいりょ》といってもよいだろうか。

明法博士は、宗盛父子の罪科は死罪と具申していたのだが、寵臣らに具申させるのは法皇においては定石の手順であった。法皇が、優詔《ゆうしょう》により刑一等を減じて遠流に処すというのが古来の定石であったからだ。しかし、宗盛父子の件については朝廷の決定は通らなかった。やがて鎌倉から頼朝の意向が伝えられ、宗盛父子は武家預け、鎌倉方に委せるという結論となり、義経が宗盛父子を連れて鎌倉に進発することとなった。頼朝にしてみれば、朝廷に武門のことまで口を出させないという決意の表れだった。

壇ノ浦の戦いで敗色が見えはじめた頃、平家の下級武士らが秘かに戦場を抜け出していったのは、捕虜になれば命はなく、万一命が助かっても遠流となるならば、山深い里村に自ら隠れるにしくはない。こうして全国津々浦々の山間地に平家落人部落の伝説が残されていった。

建礼門院の還御を誰よりも喜んだ藤原隆房は、たまたま喪中で表面に立つことができなかったが、還御のための車輛、洛外での住まい、女院に奉仕する女房や雑仕女の選定、それらの衣裳、調度、食器、炊事用具、など、隆房夫妻を中心にこまごました手配があわただしく進められようとしていた。

「わたくしもその準備のお手伝いを命じられましたが、その矢先、女院としての威儀をあまり仰々しくしないこと、そしてお世話するのは然るべき人が一人ですればよいということになったのです。右大臣の藤原兼実さまの意見が朝廷の方針になったということでございました」

四月二十五日の早朝、伴子は下女を一人ともない粗末な牛車に乗って草津へと向かった。のんびりした歩みだが、半刻余りもすすむと、生還した多くの女官らを迎える人々の牛車や近隣の民衆で街道は混雑しはじめた。朝廷にとって最大の関心事である「神鏡と神璽《しんじ》」の奉迎ということもあって、警護の武士らでものものしい雰囲気であった。のちに維盛の妻章子の後添えとなった権中納言・藤原経房は、その警護の大役に選ばれていた。

二合の唐櫃《からびつ》に収められた「神鏡と神璽」が岸辺に運び出されると、神鏡を納めた唐櫃は駕輿丁がかつぎ、神璽の唐櫃は衛士がかついでいた。そしてものものしく隊伍を整えた経房以下の奉迎使《ほうげいし》は、二合の唐櫃を真中に挟んで草津を進発した。壇ノ浦から三百騎を率いて草津に着いた源義経は、赤糸縅の鎧をまとい馬上で胸をはり、その行列の前駆の役を勤めていた。

「奉迎使の大役をなされた経房さまは朝廷から厚い信任をえておられました。それでも新大納言局章子さまを後妻に迎えるさいには、頼朝公からの許諾を得ていたと、わたくしは後になって知りました。経房さまも政界を渡るにおいては藤原経房さま同様に政界遊泳術に長けたお方なのだと、もっぱらのお噂でした。藤原北家には冬嗣《ふゆつぐ》さまの時代からそういう伝統がおありのようでした。けれどもそれは生きていくためには必要な手立てであることは、女のわたくしにもわかります。経房さまの後盾てがなくては、平家一門では傍流に甘んじておられた維盛さまのご子孫はどうなっていたかわかりません。六代さまの御命が助かったのは、小松内府重盛公への芳恩《ほうおん》を鑑《かんが》みた頼朝公に文覚上人が助命嘆願をしたおかげと世間ではいわれておりますが、経房さまからも強い助命嘆願があったからにちがいありません。章子さまは六代さまのお命が救われたことを心からお喜びになり、経房さまに感謝しておられました。わたくしの周りでは、あまりにも惨いことが起こりましたので、なおさらのことそう思うのでございます」

伴子はここまで話すと、彼女が周辺で見聞きした悲惨な出来事をいくつか挙げて、その話の間にもおろおろと涙をこぼしたのだった。位の高い貴族に仕える侍従《じじゅう》や侍女は、気丈な女でないと務まらないところがあるが、伴子もやはり一人のか弱い女であった。

伴子が話した悲惨な出来事とは、平経正の妻伊代子と息子のことである。

清盛の弟・平経盛の長男で、敦盛の兄にあたる経正は、平家一門の中でも俊才として知られ、歌人で琵琶の名手として名高かった。その経正の妻で、中納言・藤原伊実《これみち》の娘であった伊代子は、六歳になる息子とともに仁和寺の奥に隠れ住んでいた。幼い頃から仁和寺でよく遊んでいた経正が、守覚法親王（後白河天皇の第二皇子）の愛顧をえていたことが幸いしたのだった。

しかし平家の落人狩りは激しく、平家一門につながる男子の処刑もそれに含まれ、密告する者には報償が与えられた。報償欲しさのため怪しげな密告も少なくなく、その巻き添えになって首を斬られた者も少なからずいたという。

頼朝は、平家の残党を取締まるよう義経に沙汰していたが、兄の言動に不信を抱き始めていた義経はそれを無視する態度をあからさまにした。「兄も私も、平家の恩情に助けられたではないか」というのが義経の正直な気持だった。しかし頼朝にしてみれば、義経は腹違いの弟であっても家臣の一人である。義経が頼朝の許諾もなく朝廷から位階をさずかったことは、幕府より朝廷に忠義を尽くすということになる。武門の分断をはかるのが朝廷の常套手段であることがわからないのかと、頼朝は義経にいらだち、義経は義経で肉親である兄の冷たさが情けなかったのだろう。

兄弟同士の反目は双方を取り巻く家臣たちにも微妙な波紋を起しつつあったが、義経の態度に業を煮やした頼朝は、北条家の平時政を都に遣わし、より厳しい残党狩りを命じた。時政は辻々に高札を立てさせ、平家一門の子弟について密告した者には過分の恩賞を与える旨を告示したため、密告者の数が急に増えていったのだった。

悲惨なのは、色白で眉目の秀でた少年や幼児が密告されたことであった。平家とは何の関係はないと、父母が必死で無実を訴えても、「付添いの女房がそう申しました」、「乳母がそう言いました」などと密告者たちは言い張った。無実がわかれば密告者も危ういから必死になる。こうして審査を尽さないまま多くの子供らが犠牲となった。

幼児の場合は、柴漬《しばづけ》で殺された。柴漬というのは、身柄を簑巻《みのま》きにしたり、石をつめた籠に入れて水中に投じて窒息死させる方法である。血を流さずに済むというので、特に幼い者を殺すのにはしばしば用いられた。斬首された成人を含めると、密告で殺された数は七十人にも及んだという。むろんその中には平家の本当の血縁者もいた。前内大臣・宗盛がさる女に産ませた息童二人、従三位・平通盛の息子一人も捜し出され、斬首された上に獄門でさらし首にされた。やがて平経正の妻伊代子の棲家も探知され、捕えられた息子は六条河原で斬首され、川原に捨て置かれた。

「わたくしとも親しかった侍女の語るところによりますと、伊代子さまは泣きながら処刑の場までついて行ったそうです。そして無残にも川原に捨てられた我が子の首を膝の上に抱きしめると、おめき叫んで悶絶してしまわれたということです。その侍女の方も気が動転してお慰めする術もなく泣いておりましたところ、一人のお上人さまが歩み寄られました。大原の本成房の湛斅《たんごう》と名乗られたそのお上人は、川原に散在する死骸にお弔いの念仏を唱えておられたのです。お上人は、歎きの余り絶え入っている伊代子さまにやさしく声をかけました。『もはや歎き悲しんでも詮のないことであります。今は落飾《らくしょく》して後生をお弔いなさるのが肝要でございますよ。さあ今からでも、大原の来迎院へお越しくだされ』

それでも伊代子さまのお嘆きはしばらく止みませんでしたが、やがて侍女の肩につかまりよろよろと立ちあがりますと、お上人は若君の骸を伴の僧にもたせ、来迎院に導かれたということでした。侍女は、間もなく出家された伊代子さまと共に出家をしようと考えますが、まだ自分がするべきことがあると、その時は思いとどまったのだそうです。

悲しいことに、出家されても伊代子さまのお嘆きは収まらなかったのです。魂が抜けたように目もうつろに念仏を毎日唱えておりましたが、やがて息子の首を懐に入れて難波の四天王寺に参りました。お籠り堂で百日間、無言の念仏を続けていましたが、日を経るにつれて懐中の首は悪臭を放ってきました。

侍女は百日満願日に合わせ、四天王寺に参りましたが、伊代子さまのお姿は見えませんでした。西門に海が開けている四天王寺には、その昔から西方浄土の信仰があります。伊代子さまは渡辺川（現大川最下流）のほとりに着くと西に向って合掌し、念仏を声高らかに千遍誦んだ後、息子の首を懐に抱いて川に身を投じたのです。侍女は、その後すぐ、四天王寺で出家したということです。

わたくしは子を持ったことがありませんが一人の女として、侍女が語った伊代子さまの母親としての情念、いや、盲目ともいえる情愛というものが痛いほどわかります。頭で考えがちな殿方には理解しがたいものがあるかしれませんが、悲しいほどの盲目の愛であるからこそ仏の慈悲にすがるしかないのかもしれません。六代さまの母親、新大納言局章子さまにしても、息子が斬首されたと聞いたときには気も狂わんばかりに嘆きました。再婚した経房さまのお支えがなければ、すぐにも落飾《らくしょく》なされたでありましょう」

伴子はそこで一息つくと、茶を静かに一服して話を続けた。母親の盲目の愛というものが、いかに悲しく、いかに美しいものであるか、そしてそれがこの世とあの世をつなぐ仏の慈悲でありましょうと、再び悲しい話を語りだした。

「長明さま、慈空さまもお名前はご存知かと思いますが、わたくしが出家を決意したのは、長楽寺の阿証房上人とのお出会いがあったからです」

「ほう、そうでしたか。阿証房上人は、高倉天皇出家の際に戒師を勤めたほど名の知られた高僧でありますから、むろん存じておりますよ。して、どのようなお出会いが……」

慈空が尋ねると、伴子はやや恥じ入るように顔を伏せながら言った。

「わたくしは、念仏信仰というものにはあまり関心がありませんでしたが、源智さまから上人のご高名とご活動を聞いたことから、長楽寺にご法話を聞きにお参りしたことが発心のきっかけとなりました」

伴子が長楽寺（東山区祇園町、円山公園の東南）で聞いたという阿証房の法話というのは、こういう話だった。

ある日、阿証房上人が一条万里小路のあたりをたまたま通ると、とある貴人の邸宅の門前に多くの武士がものものしく固めていた。上人はふと立ち止まり何ごとかと眺めていると、男児を肩に担ぎあげた武士が門から出て来た。年のころは五、六歳、梧竹に鳳凰の文様を織った小袖を着て、並々ならず美しい童であった。武士たちはこの童を担いで一条大路のほうへ足早に向った。その後を、乳母とおぼしい二十四、五歳の婦人が裸足のまま門から飛び出てくると、泣きながら追いかけていく。その後には、童の母親と思われる美しい女性が、覚束ない足でふらふらと歩いていった。

阿証房上人は、平家の子孫を探し出して斬っているという噂はこれだと思い、後をつけて行った。蓮台野の墓地の奥に着くと、武士は肩から童を降して汗をぬぐっていた。すると後から走って来た武士が、その童をいきなり膝の下に組み伏せると、童が声を上げる間もなく頚を斬ってしまった。童の首は崩れかけた石塔の上に据え、首のない骸は野良犬の死骸のように足蹴にされ、溝に捨て去っていった。

阿証房上人は、この顛末を目撃してしまったことを後悔した。しかし見てしまった以上、放ってはおけず、阿弥陀経を読誦していた。そこへ汗と涙にまみれた童の母親と乳母が辿りついた。母の方は首を赤子のように胸に抱きかかえ、乳母は溝から亡骸を抱き上げ、二人ともその場で悶絶してしまった。

上人は、やがて我に帰った二人を長楽寺に伴い、懇に童の供養をすると、二人は共に出家した。母の方はいつまでも童の首と、童が大事にしていた玩具の小車を並べ置いて心を慰めていたが、乳母の方は食事も取らず、やがて息絶えてしまった。

その後、母親は童の首と小車を懐に入れて南都に赴き、東大寺や興福寺の焼け跡を拝み廻った後、哀れな乞食の姿になりはてて四天王寺に着いた。そしてその西門で七日七夜、湯水を飲まず、断食精進した後、一艘の舟を雇って難波の沖に出ると、西に向って念仏を二、三百遍繰返した後、首と小車を懐に抱きしめて海中に身を投じた。

「阿証房上人は、ここまでお話しされたあと、こう申されました。たとえこの世が地獄のようであろうと、見て見ぬふりをしてはならない。地獄に落ちた者こそお救いなさるのが仏の慈悲というもの。われら凡夫に仏の真似はできぬが、だからこそ念仏の祈りがあると。

わたくしは若き頃、死にたくなるほど恋しく思うお方がありました。けれどもその殿方は、多くの女人に慕われ、わたくしのように内気な者は近寄れませんでした。一度はさる方と結婚しましたが、その生活は二年も続きませんでした。子ができなかったからと世間は見ましたが、愛することができなかったためとわたくしは思っています。愛する方の子を産みたい、それは女人なら誰しもが願うことです。それが適わぬまま、わたくしは新大納言局章子さまの侍女として年老いてしまいました。

阿証房上人は、一条万里小路で目撃したという貴人の邸宅のお名前を言われませんでしたが、わたくしはそのお名前を知っていたのです。この童の母は、三位中将・重衡《しげひら》さまに深く愛された内裏女房の左衛門佐さまに違いありません。わたくしは、我が子を胸に抱いて海へ身を投じた左衛門佐さまがうらやましくも思いました。阿修羅のように左衛門佐さまに嫉妬し憎みました。なぜならわたくしが愛した人は重衡さまその人であったからです。

重衡さまは容姿美しく、武勇の器量に堪ふる平氏の大将の一人として名をはせられました。一ノ谷の戦いで捕虜になり、鎌倉へ護送されると、重衡さまの堂々とした態度に頼朝公は感銘されたということです。鎌倉ではついに処刑されず、南都衆徒の要求で引き渡され、木津川畔で斬首されたと聞いております。できることなら、重衡さまの亡骸とともに死にたいと願いました。

平家落人狩りで、我が子の首が斬られるのも地獄でありますが、わたくしのように愛する人の子を産めず、何の夢も生きがいもなく年老いていくのも地獄なのです。そう思うと矢も楯もたまらず、この先、出家の道しかないと思い定めたのです。

阿証房上人はわたくしに、こう申されました。

『西の海のかなたに極楽浄土があるのではない。地獄のような我が心のうちを祈り清めることが浄土なのじゃ』と。わたくしはこのお言葉を生涯胸に刻み、我がためではなく、平家の方々のみならず非業の最期をとげられた方々の菩提を弔うために念仏を唱えてまいります」

伴子はそこまで言うと目を伏せて合唱した。

予は、なんと慰めてよいのか言葉が思い浮かばなかったが、慈空の次の一言に、伴子は「えっ」と短い声を発して顔をあげると目を大きく見開いた。

「伴子どののお心は亡き重衡どのにも届いておりましょう。あの世もこの世も心ひとつでつながっているのです。ところで、いまだから申しますが、維盛さまは生きておられますぞ」

「ほんとうでございますか」

「はい、維盛さまが熊野の海で入水されたという噂は、このわたしが作った物語ですから」

「なんという……。新大納言局さまがそのことをお聞きしたら、どれほどお喜びになられることか……」

「まことにそうでありましょう。しかし、維盛さまが屋島を脱出された後、平家一門からも孤立して生き抜くためには、この方法しかなかったのです。なにしろ維盛さまは重盛公の嫡男ですから、たとえ高野山で出家したとしても源氏の探索から逃れられません」

「さようでございますね。維盛さまは、新大納言局さまとお子たちと都でお別れになるとき申しておられました。頼りになるお方と再婚されることが子供たちの命も救うことになると。いまにして思えば、維盛さまの清いお覚悟がわかります。新大納言局さまは共に都落ちしたいと泣きすがっておられましたが、このとき維盛さまはすでに平家一門の非業の運命をお見通しだったのでございますね」

「そうじゃ、まったくそのとおりだ。新大納言局さまの父、藤原成親どのは鹿ヶ谷謀議の首謀者の一人であったばかりでなく、平家打倒の主犯の一人として何度も平家を裏切られた。そのためついに入道相国さまの激怒を買われ殺されましたが、重盛公も維盛さまも何度か助命嘆願に動いたのです。そのことは新大納言局さまもご存知であったであろうが、平家一門の中で維盛さまのお立場がいよいよ危ういものになっていったのじゃな」

　時子の娘の建礼門院が安徳天皇の母となり、時子の長男宗盛が平家の棟梁となるのは時間の問題だった。そうした情勢の中で重盛と維盛に仕えてきた慈空は、維盛を救う唯一の方法として、末法思想において信じられていた補陀洛浄土信仰を利用したのだった。

「四天王寺の西の海に舟を出して入水自殺した人は、内裏《だいり》女房の左衛門佐のほかにも数多くいる。弱い人間の性として、そのこと自体は責められるものではないにしても、わしは補陀洛浄土信仰などは信じておらん。どんなに苦しくあろうとも、この世での曼荼羅浄土を造らんとすることが尊いのだとわしは信じている。人は誰しもが仏を宿し、この身のまま仏になれるのじゃ。仏法遥かにあらず心中にして即ち近し。即身成仏という空海上人の教えはそこにあると、わしは思うのだ」

「わたくしは難しい仏法はわかりませぬが、慈空どのがおっしゃることはよくわかります。地獄のような今の世にあっては、死ぬことはたやすく、生きることのほうがよほど辛いのですから……」

伴子はそう言うと、涼やかな微笑を口元にもらした。そして、少し間をおいてから、再び憂い顔になって言った。

「ところで慈空さま、妙覚どのが北条の手で殺害されたというのは本当なのでございましょうか。慈空さまのお話をお聞きするうちに、もしや妙覚さまがどこかで生きておられるのではないかと……」

「わしもそのような気がするが、むしろ伴子さまのほうがご存知かと……」

六代は出家して妙覚と名乗り、山々寺々を訪ねて修行し、父維盛の菩提を弔っていた。ところが頼朝の亡き後、文覚上人が捕えられたことを聞き、急いで神護寺に戻ったところを検非違使に捕らえられ、今後の禍根を絶つためという平時政・義時父子の命により、処刑された。時に正治元年（一一九九）、妙覚二十六歳のときだった……ということになっている。

「わたくしは、そのころ新大納言さまの邸から離れて近くの家に住んでおりましたが、妙覚さまが処刑されたことは聞き及んでおりました。ただ、六代さまも父親に似て、人懐こいお人柄で誰にも愛されていましたから、ひょっとしたら再びだれかの嘆願があり命が救われたのではないかと……、それはわたくしの微かな願いでもありました。ですから先ほど、慈空さまが、維盛さまが生きておられるということをお聞きしたとき、たいへん驚きながらも、やはりそうであったかという安堵の気落ちもあったのです。それと同じことが六代さま、妙覚どのの運命にもおありだったかもしれないと思い、お尋ねした次第です」

「伴子さま、じつは、わしもそなたと全く同じことを考えていたので、お尋ねしたのじゃよ」

「まぁ、そうでございましたか。それならなおさら、妙覚さまは生きていらっしゃるかもしれませんね」

「そう願い、祈りたい。ところで、六代さまより二歳年下の妹、芳子さまはその後どうなさったのかな」

「はい、芳子さまはお健やかに過ごされておりますが、最初の結婚はご不幸でした。十八歳のときに義父の経房さまのすすめで、外孫に当たる藤原実宣《さねのぶ》さまと結婚されたのですが、実宣どのはとても悪評の高いお方でした。聞くところによりますと、藤原定家どのは明月記の中に実名を伏せて、藤原実宣の非情な游泳にほとほと感嘆していると記しているとのことでした」

藤原実宣は少年の頃に一度藤原家の娘と結婚したが、相手が狂女となったことを理由に別れ、維盛の娘芳子と縁づいたが、頼朝公亡き後に芳子も棄て、平時政の娘を三度目の妻として迎えて出世街道をつき進んだという。

「芳子さまは、誠意のない実宣どのと別れてよかったのです。義父の経房さまが薨《みまか》られてから数年後、芳子さま三十一歳のときにうれしいご縁談があり、蔵人頭《くろうどのとう》平親国《ちかくに》どのの妻になられました。十歳年上の親国どのは、維盛さまの娘を妻に迎えたことをことのほかおよろこびになっておられました。というのも親国どのの姉妹のおひとりが、維盛さまの愛人であったからです。新中納言という候名《さぶらいな》で建春門院に仕えていたその女性は、元暦元年（一一八四）の十二月、維盛さまの入水をきくと、悲痛の余り憂死したということです。親国どのはやがて従三位に叙されましたが、官職を与えられなかったことを苦にしながら承元二年（一二〇八）の正月、散位のまま亡くなられました。

章子さまも芳子さまも共に未亡人となられ寂しくお過ごしの様子をお傍で見るにつけ、殿方の欲望の争いと栄枯盛衰にほんろうされる女の悲しみを思い知らされるのです」

壇ノ浦からの女院たちの還御は、奉迎使らによって手厚く迎えられたのに引き換え、平家の棟梁であった宗盛らに対する鎌倉の扱いは惨いものであった。厳しい平家狩りのことを思えば想像もつく。それよりも慈空を悲しませたのは、武士らしくない宗盛の最期の態度であった。各地に散った高野聖などから聞いた話にすぎないが、宗盛は、平家の棟梁たる武士の誇りまでかなぐり捨て、最期まで自らの助命を頼朝に哀訴《あいそ》したという。

「宗盛どのの最期は見苦しいばかりじゃ。すでに冥府に赴いた平家一門の勇者たちは、これをなんと嘆くことであろうか。話柄にもしたくない」

慈空は眉間にしわを寄せてそう言うと、源智のことに話を転じた。

「伴子さまは源智どののもとで出家なされるとのことでしたが、源智どのはまだ若いのに法然上人にもっとも信頼されている高弟と聞いております。良き師とお出会いされましたな」

「はい、これもご縁をたどりましたら重盛公の御計らいかと喜んでおります。重盛公はたいへん信仰の篤いお方でございましたから、お孫の源智さまもその篤い血とお志をついでおられるものと存じます。わたくしは、維盛さまのお子の六代さまが出家されて、妙覚と名乗られてからも何度かお会いしておりますが、妙覚さまも立派なお上人になっておられました。妙覚さまがご存命でありますれば、わたくしは妙覚さまのもとで出家したことでしょう」

「うむ、先ほどわしは、妙覚は生きているかもしれないと申しましたが、実はそれは間違いなかろうと推察している。妙覚は鎌倉のさる場所にて斬首されたことになっているが、権中納言・

藤原経房かどなたかが重源さまのお力にすがり、頼朝公の正室政子どのに助命をお願いしたと聞きました。尼将軍と恐れられた政子どのは、『北条氏ももとは平家です』と笑って申されたそうじゃ。東大寺勧進聖の頼みとあれば無碍《むげ》にできまい。おそらく尼将軍は、妙覚の墓まで作らせたようにして実は逃してくださったのではなかろうか」

慈空はそう言うと、東大寺の落慶法要や高野山と源氏とのかかわりについて、指でその年代を折りつつ語った。

清盛の命を受けた三位中将平重衡《しげひら》の平氏軍が南都焼討によって、東大寺や興福寺の伽藍が焼失したのは治承四（一一八〇）年の年の暮れのことであった。これにより平氏は東大寺・興福寺など寺社勢力を敵にまわすことになった。東大寺勧進聖として勅命を受けた重源は、その翌年から大仏修理のための勧進を始めている。

壇ノ浦（一一八五）の戦いで平氏軍が総崩れした後、頼朝は鎌倉の権勢を世に示すためにも東大寺再建に向けて人夫のことや造営料米のことなど重源への援助を惜しまなかった。そして大仏の開眼供養から十年後の建久元年（一一九五）三月、頼朝は数万の軍を従えて、後白河上皇が願主を務める大仏殿落慶法要に参列した。

頼朝が没したのは四年後の建久十年（一一九九）の二月頃だった。重源上人が亡くなったのは建永元年（一二〇六）七月のことであるから、頼朝亡きあとも重源上人と頼朝の妻政子とのつながりは浅からぬものがあったであろう。妙覚は、頼朝亡きあと北条時政らの命で殺害されたということだったが、重源上人の願いとあれば、尼将軍となった政子はその願いを聞き入れることはたやすかったはずだ。

高野山と北条氏とのつながりも、高野聖でもあった重源上人のはたらきがあったからではなかろうか。政子は嘉禄元年（一二二五）まで長生きしているが、亡くなる二年前（貞応二年）には出家して禅定如実と名乗り、頼朝と実朝の菩提を弔うためにと高野山に多宝塔をはじめ多くの伽藍を建立している。さすがの北条政子もその晩年は仏への信心に救いを求めた一人の女人であり妻であったのだろう。

慈空はここまで一気に語ると、微笑を浮かべながら言った。

「あるとき、四国の寺々の要請を受けて各地を勧進に回っている親しい高野聖から聞いた話だが、妙覚によく似た僧に四国で出会ったそうじゃ。呼び掛けると、『わしは玄覚と申す。何かの幻覚ではないか』というとニタリと笑ってすぐ立ち去ったそうだ。平家の武者どもは山深い村々に落ちておりますから、妙覚も僧名を変えて四国のどこぞで静かな余生を送っているにちがいないと思いたい。いや、そう信じたいものだの」

伴子は、ぱっと明るい表情をみせながら言った。

「さようでございますね。よいお話をお聞きしました。さっそく母君の章子さまと妹の芳子さまにもお伝え申します」

「それがよろしい。生きているとだけでもな。泣いておよろこびなさるだろう」と慈空は言って微笑んだ。

頼朝亡きあと、北条義時が姉の政子と協力し、父親の時政を追放したのは、元久二年（一二〇五）であった（それから十数年後、鶴岡八幡宮での右大臣拝賀の際に、将軍・実朝が頼家の子公暁によって暗殺される事件が起こり、源氏の正統が断絶した）。

先に述べたように源智の父は、平重盛の子の師盛であつた。師盛は、若狭守を経て治承三年（一一七九）十一月に備中守に任じられた。元暦元年（一一八四）の二月、一ノ谷の戦で討死した。源智の母の素姓は不明であるが、平家一門の西走の際は、妊娠中か乳呑児の源智を抱えていたためか、一門と行動を共にしなかった。平家狩りのときは、母は源智を抱えて潜伏していた。

やがて源智は、十三歳の時に法然房源空の房に弟子入りした。源空法然はまず源智を天台座主、権僧正の慈円のもとで出家、受戒させた。その後、法然の禅室に帰参した源智は、十八年近く法然に随侍し、念仏宗の訓誡を受け、円頓戒《えんどんかい》を授けられた。法然は入滅を前にして自ら筆をとってしたためた訓誡を源智に与えた。後に「一枚消息」として浄土宗の亀鏡《きけい》（模範）とされるものである。法然の遷化《せんげ》の後、源智は賀茂の河原屋こと知恩寺に移り、実質的な開基となった。

慈空はここまで話すと、予が初めてその名を聞くことになった、忠快僧都のことを語った。

「源智どのは、静かに隠遁の日々を送り、学僧としても名を高めておられるが、同じ平家の一門として誇らしいのは忠快僧都です。忠快僧都の父は、清盛公の弟である中納言教盛どのです。若くして覚快法親王の弟子となっていた忠快は、平家一門の都落ちは共にして、壇ノ浦の戦いにおいて捕虜となり、伊豆国へと配流されました。

忠快は、壇ノ浦で入水した父の教盛をはじめ平家一門の菩提を弔いながら、厳しい監視のある配流先でも仏道修行にあけくれました。そうした姿がよほど尊くすがすがしく見られたのでしょう。やがて頼朝公をはじめ御家人からの帰依をうけるまでになったそうです。やがて帰洛をゆるされてからは、朝廷からも尊崇を集める高僧となられました。あるいは、妙覚さまの御命が救われたのも、忠快僧都の陰ながらの助力もあったのかもしれないと、この頃そう考えたりするのです。平家一門は武家としては滅びても、源智どのにしろ忠快僧都にしろ、仏門の中で脈々と生き続けているのです。むろん女人の血脈はこれからも……」

慈空はここまで語ると、静かに深いため息をつき、遠くを見るように庭の方へ目を移した。そこには重盛公がお手植えという下枝下がりの松の木が、淡い夕日を受けてみずみずしい緑を輝かせていた。

維盛入水

慈空の話といい、伴子の話といい驚かされることばかりである。予は『方丈記』や『発心集』の中で、この世の地獄の様を記してきたが、源氏の平家残党狩りの話はあまりにもむごい。とくに幼き子らを斬首するなどというのは聞くに堪えないことであった。その子の母や乳母が半狂乱になって入水自殺をはかる気持ちはわからないではない。あぁ、大慈大悲の仏よ、救い給え。南無阿弥陀仏、南無阿弥陀仏、南無阿弥陀仏。


ここで再び、屋島脱出の頃の話にもどる。

この年七月、源義仲に敗れた平氏一門は安徳天皇と三種の神器を奉じて都を落ち、九州大宰府まで逃れたが、在地の武士たちが抵抗してここからも追われてしまった。太宰府に向かわなかった十人ほどの維盛主従は、屋島に隠れていたが、そこへ平氏一門が逃れてきた。そこで維盛一行は屋島から脱して熊次郎の軍船に乗り、急な暴風のなかを鯨に導かれて住吉の浜に上陸した。

重盛公創建の法楽寺で一泊した翌早朝、維盛一行は、住吉の浜に待機していた熊次郎の軍船に再び乗り、湛増のいる田辺へ向けて出立した。海は、昨日の嵐が嘘のように凪いでいた。風は微風であったが三本の広い帆は追い風をいっぱい受けて快走し、その日の夕刻前には田辺の浜に上陸した。維盛が湛増に会う目的を知っていた熊次郎は、下船するとき維盛にこう言って豪快に笑った。

「わしらは、ここから南の白浜の湾でしばらく待機いたします。熊野別当は、この軍船を欲しがっておりますし、わしを目の敵のように思うておりますゆえ」

「話が済んだら、どうしたらよいのじゃ」

「ここに馬を五頭用意しておりまする。田辺から白浜まではその馬でお出でください」

「馬も手配してくれていたのか。熊次郎は顔に似合わずよく気が回る」

慈空が笑って言うと、「何の何の、この顔のとおりでござります」と熊次郎は応えて呵々大笑した。

湛増の豪華壮大な屋敷は、田辺の浜から馬で半刻もない高台にあった。唐門の四脚門に入母屋造りの桧皮葺《ひわだぶき》の屋根に書院風の造り。南には海が一望に広がり、湾の入り江には熊野水軍らしい船が三、四十艘並んでいた。北側は山が迫っているが、南側の庭園は都の公卿のそれのように贅をつくし四季折々の樹木や花々を植えていた。豪壮な邸宅は、華やかな都を知らない熊野の衆徒や田舎侍たちに、熊野別当としての権威と権力を見せつけるものであった。

重盛より八歳年長の湛増は、十八代別当湛快の次男である。若い頃から熊野と都を行き来して、入道相国清盛公をはじめ平氏一門から多大の恩顧を受けていた。湛増は、源為義の娘「たつたはらの女房（鳥居禅尼）の娘を妻としていたことから源氏との因縁も深かった。もっとも、平氏か源氏かという二者択一で事がすすむわけではなく、実際、頼朝を取り巻く家臣には北条氏をはじめ平家を祖とする家柄が多かった。湛増には正室と妾妻の間に息子が七人、娘が五人いたが、武蔵坊弁慶の父は、湛増の嫡男の湛顕であったという言い伝えもある。

野心満々の湛増は、熊野別当の補佐役である権別当に就任する二年前、承安二年（一一七二）頃には京の祇陀林寺《ぎだりんじ》の近くに屋敷を構え、護衛の武士を従者として養いつつ、平氏に限らず多くの貴族たちと頻繁に交わっていた。二十一代熊野別当に補任されたのは元暦元年（一一八四）十月のことだから、維盛一行と会ったこの時は、まだ権別当のままだった。もっとも湛増はすでに別当のつもりでいる。

熊野別当職は、何代か前に田辺と新宮に分かれ、兄弟同士の身内争いの中で交互に担っていたが、湛増は若い頃から、いずれ熊野別当になると思って動いた。政治と女と権力と金が好きな典型的な政治人間だった。

そういうわけで湛増は重盛公の館にもよく顔を出したが、

「平氏にとって熊野水軍は欠かせない。しかしあの男には気をつけよ。もっとも気をつけるのは湛増ばかりではない。我らが縁者や平氏の身内の中にも大勢いる」

そう言って、重盛公は寂しそうに小さく笑った。縁者というのは言うまでもなく、鹿ケ谷謀反《むほん》の首謀者の一人となった藤原成親のことを指している。繰り返すが、藤原成親の妹は重盛の妻となり、成親の娘が維盛の妻となったのだから、重盛・維盛父子においては痛恨の極みと言うほかない。成親は一度ならず三度も平家を裏切って最後は殺されることになったが、鹿ケ谷事件のときは、成親が遠島になるところを重盛は救いの手を差し伸べたのだった。

　維盛は父の訓戒を身に染みて感じていたし、倶利伽羅峠《くりからとうげ》での敗戦ののちは、ますます人間不信にもなっていた。誰と話すときにも口元に笑みを絶やさなかった維盛だったが、木曽義仲軍の機略にはまり、何万もの兵馬が谷底に落とされ、戦う前に無駄死にさせたという痛恨が維盛の心に暗く重い影を落とした。切れ長の涼やかな目は険悪になり、眉根《まゆね》に皺が刻まれ、人が近づきがたい気を発するようになった。維盛としばらく会わなかった人は一瞬、その変貌ぶりにギョとして目を見張ったりした。

「わしは維盛さまの変わりようには心底おどろいたし、悲しくもあった」と慈空は言うと、さばさばした口ぶりでこう付け加えた。

「重盛公の亡きあと、わしはすぐ高野山に上ったので、維盛さまとは何年も会っていなかったのじゃよ。しかし倶利伽羅峠の敗戦のことはすぐわしのもとにも届いていた。平家の命運はこれで尽きたかとも思った。打ち沈んでいるだろう維盛さまを励まさんと高野山を下りて会いに行き、平家の主だった武将らの話なども聞き集めたのじゃよ」

　寿永二年（一一八三）五月、越前国から京へ怒涛の勢いで攻め入ろうとする木曽義仲軍の五万余騎を迎え撃つべく、平家軍七万余騎は能登と越中の境にある志保の山へと向かった。十万余騎を大手、搦手《からめて》の二手にわけ、大手の大将軍には三位中将維盛、越前三位通盛《えちぜんのさんみみちもり》（清盛の弟教盛の嫡男）、侍大将には越中前司盛俊（清盛の側近盛国の嫡男）をはじめ総勢七万余騎。一方の搦手には、大将軍に薩摩守忠度《ただのり》（清盛の異母弟）、三河守知度《とものり》（清盛の七男）、侍大将には武蔵三郎左衛門有国ら総勢三万余騎。兵力では平家軍が圧倒していながら、倶利伽羅峠(石川県と富山県の県境）で対峙することとなったのは、木曽義仲の機略にはまってしまったということだ、というのが慈空の結論だった。

「平家には勇猛果敢な武将も少なくないのじゃが、どうもお人好しが多くて、戦の機略というものが足らんのじゃよ。あはははっ」

慈空はあっけらかんと笑うと、すぐに神妙な顔にもどり、こう続けた。

「大手、搦手には平家の重鎮らが何人もおった。船頭多くして船山に上るというが、そのために犠牲となって死んでいった雑兵らは哀れなものじゃ。しかしながら、維盛さまお一人で嘆き悔やまれることではありませんぞと、わしは度々言ったのだが……、この戦を境に人がまるで変わってしまったのじゃよ。平家一門から逃れようと思ったのはその頃からだろうと思う。陰陽師が『あの目つきは、死んでいった兵馬らの怨霊にとりつかれている。祈祷せんことには、そのうち気が狂ってしまう』などと言っていたそうだが、その風評を耳にした維盛さまは、『なにをたわけたことを。怨霊とともに地獄に行くまでじゃ』と言って意に介さなかったそうな。わしはそれを聞いておかしくなった。平家一門との縁を切ることを決意してから維盛さまは一段と人物が大きくなった」

倶利伽羅峠での大敗のことは、京の雀らにも知れ渡っていたから、湛増はすでに平家の命運を見限っていたが維盛の変貌ぶりは知る由もない……。

慈空は、前日には早馬で来訪を知らせていたので、正面玄関で膝を屈し深々と頭を下げて維盛一行を出迎えた湛増は、山伏姿の維盛に、一瞬目を細め戸惑う表情をみせたが、すぐにその色を消し、愛想よく短くあいさつした。

「お久しうございます。遠路ようこそ、お出でくだされました。さ、さぁ、奥の方へ」

「世話になるぞ」と維盛はわざとぶっきらぼうに返事をした。

湛増は維盛より三十歳年長だったから、もう五十はとうに過ぎているはずだが、黒々した髪、油光した顔色と太り気味の体のせいか、まだ四十半ばにも見られた。ただ、無類の女色好きがたたってか目の下が黒ずみ、権力者特有の悪相になっていると、維盛は思った。そして内心「この男は結局裏切るだろう」とも直観した。それでも維盛は、一縷《いちる》の望みをかけて、この男に会いに来たことに対しては忸怩《じくじ》たる思いとともに屈辱感もあった。

広大な屋敷の長い廊下を三度曲がり、維盛と宗親、慈空の三人が庭の中ほどにあたる三十畳ほどの一室に案内され、権左と石堂丸は、その室から二部屋隔てた室で待つことになった。庭の中ほどに心字池があり、形のよい庭石が配され、梅や桜、つつじや楓、枝ぶりのよい松などが周りに点々と植えられている。

「お父上様が亡くなられて、もうまる四年になりましょうか」

湛増は、維盛たちが座すと、着ぶくれした体をゆすり、わざとらしく扇子で顔をおあぎながら間をおかずに言った。重盛の前では平身低頭していた湛増だったが、維盛に対しては言葉とは裏腹に、対等以下の見下げた態度が明らかに見受けられた。

「そうじゃな、父の葬儀のときにはたいそう世話になった。改めて礼を申す」

維盛としては、そう答えるしかない。

若い女中が三人並んで茶と菓子を運んできたところで、ふと思い出したように、

「そう、そう。杏子がお待ちかねでございますぞ。いま奥で念入りに化粧直しでもしております」

「杏子か、息災にしておるようじゃな。だが、今日は会うのは止めておこう。おなごは大事な話の邪魔じゃ」

「おお、そうでございましたか。気が利きませなんだ。杏子は悲しむでありましょうが、またお会いできるときもござろう」

湛増はそう言うと、横に控えていた侍に目で合図して、維盛の意思を伝えるように命じた。

杏子と呼ばれたその女は、維盛が十八のころに出会った白拍子であった。維盛はすでに結婚はしていたが、いま光源氏などともてはやされるのを好いことに、放蕩ぶりは相変わらずだった。

入道相国清盛は安芸の宮島に平家の氏神を祀る厳島神社を建設し、福原の都の建設も着々とすすめていた。「平家にあらずんば人にあらず」と時忠が言ったとか、そんな風聞が流れる中、平氏に接近していた湛増は、次代の平家の御曹司である維盛に近づいたのだった。

そのころ右少将維盛は、後白河法皇五十歳の祝賀の席で、唐風の優美な雅楽「青海波《せいがいは》」を舞ったことで都中の評判になっていた。青海波はその字義どおり、青い海が無限に広がり、おだやかな波が岸辺に寄せる様子を象徴するもので、人々の幸せと平安な暮らしの願いが込められており、法皇の祝賀にふさわしい舞であった。

舞は岸辺に寄せる波を表す二人舞で、右少将成宗（維盛の妻の父・藤原成親の次男）とともに舞ったのだが、烏帽子に桜の枝、梅の枝を挿した維盛の美しさだけが際立ち、「桜梅少将」と呼ばれるほどだった。平家没落後も一門に庇護の手を差し伸べた藤原隆房は、そのときの様子を『安元御賀日記』にこのように記していると、慈空は話した。

「維盛少将出でて落蹲《らくそん》入綾をまふ、青色のうえのきぬ、すほうのうへの袴にはへたる顔の色、おももち、けしき、あたり匂いみち、みる人ただならず、心にくくなつかしきさまは、かざしの桜にぞことならぬ」

絶賛したのは平家の庇護者ばかりではない。平家を嫌っていた藤原（九条）兼実《かねざね》さえもが日記『玉葉』に、「今昔見る中に、ためしもなき（美貌）」と維盛の舞を称賛したという。

野望を秘めた湛増は、少将維盛が都で評判を高めて有頂天になっている最中に急接近したのだった。そのときは花見か何かの酒宴の席であった。白拍子の杏子は「今様」を唄いながら数人の遊び女と舞を舞っていた。湛増は少し酒がまわっていたのか、それともそのふりをしたのか、いきなり維盛の耳元でささやいた。

「こんなに美しい女人は見たことがござらん。まるで天女のようでございますな。あんな女人と暮らせたら、この世はまさに極楽浄土というものでござる」

むろん湛増は、杏子が維盛の愛人であることは知ってのことである。

「ふん、おおげさなことを申す。あの程度の女などはいくらでもおるわ。ほしけりゃ、くれて進ぜようぞ。舞が済んだら、ここに呼ぼう。すぐにも連れて帰るがよい」

「えっ、まさか、そのような」

湛増が、さも驚いたように歓喜の表情を見せながら、

「それが適うことでありましたら、いまの正室を側室として、正室といたします」

「それはどちらでもよいわ。しかし可愛がってやってくれ」

「閨ではあまり無理できませんがなぁ、あっはは」

位の高い公家や武士らが三人、四人の妻妾をかかえることは珍しくない。五十にもならんとする湛増は、熊野と京に五人以上の妻妾をもっても飽き足らないほどの女色狂いだと、もっぱらの噂だった。維盛も女好きではあったが、湛増のいやらしい笑い声におもわず怖気がふるい、「しまった」と思った。多少酒が回っていたとはいえ、湛増の追従の言葉に、つい口が滑ってしまったのだ。この後、酔いからさめた維盛は、「死にたい、死にたい」と泣き叫ぶ杏子をなだめるのに往生したが、罪なことをしてしまったと後悔したのだった。そのとき杏子は維盛より五歳年長だったが、湛増とは二十五歳も差がある。今様の踊り手として都一の評判をとっていたが、寵愛を受けている平氏の御曹司の命に逆らう訳にはいかない。しかし杏子は維盛を恨んだ。湛増は、正室にすると言っていたが、杏子は側室でもなく、ひとりの愛妾として都を去ることになった。

あのとき杏子が泣いて訴えたように、湛増への約束を撤回すれば済むことだったたが、熊野水軍を束ねる湛増に恩を着せておけば、いずれ役立つだろうという、維盛らしからぬ打算もあったのかもしれない。しかし後々、このことを知った重盛は、維盛を烈火のごとく叱った。「なんという卑劣なことを。か弱き女子を大事にせぬ男は、いずれ女子の復讐を受けるぞ。たとえ受けずとも、人としてあるまじきことじゃ。平家にあらずんば、などとたわけたことを言うから、ますます民に憎まれる。人の憎悪ほど恐ろしきものはない。湛増はいずれ役立つ男であろうが、簡単に裏切りもするぞ」

維盛は、父の言葉を思い出しながら、目の前のふてぶてしいまでに肥え太った湛増に鋭い視線を当てていた。そして、ふっとため息を漏らすと、単刀直入に切り出した。

「すでに承知しておろうが、平家一門はいま屋島におる。阿波水軍や松浦水軍とともに、瀬戸内から都に上り、源氏をたたく。太宰府も加えると兵力は源氏の倍、いや三倍にも膨れ上がっておるが、水軍の兵はいくらいてもよい。そなたの力で熊野水軍を束ねてくれぬか」

「おそらく、そういうご用件であろうと察しておりました。むろん、この湛増、平家の恩顧は忘れるものではござりませぬ。しかし……」

「しかし、なんじゃ」維盛は思わず語気を強めた。

「しかし、わたしはいま、熊野別当の補佐役、権別当にすぎませぬ。わたしがお味方をしたくとも新宮にいる熊野別当の伺いを立てるのが先決。そのうえで、衆徒らを束ねなくてはならぬのでござる」

湛増は、相変わらず扇子で顔をあおぎながら、毛虫のように太い眉毛をせわしなく動かしながら困った風な口ぶりで言った。その言葉に嘘はなかった。熊野三山（熊野本宮大社、熊野速玉大社、熊野那智大社）の統括にあたる熊野別当は、このとき新宮別当家出身で湛増の兄にあたる範智が二十代別当で、湛増はその補佐であったからだ。

熊野三山の社僧は中央の僧綱《そうごう》制に連なり、別当の上には検校《けんぎょう》という名目の最上位がいる。ただし検校は都に住み熊野に来ることはめったになく、宗務は無論のこと所領経営、治安維持、神官・僧侶・山伏の管理にあたるのは熊野別当とそれを補佐する諸職であった。熊野別当を世襲した熊野別当家は、後に新宮に本拠を置く新宮別当家と、本宮と田辺を拠点とする田辺別当家に分裂しつつ、別当職を務めてきた。この身内の分裂が、平氏と源氏の戦いにおいても複雑な様相をもたらしてきたのだ。

治承四年（一一八〇）五月、湛増は、平氏方に味方して配下の田辺勢と本宮勢を率い、源氏に味方する新宮勢や那智勢と戦ったが、敗退した。しかしこの後、すぐさま源行家の動向を平家に報告して、高倉天皇の兄宮・以仁王《もちひとおう》の挙兵を知らせ、平氏からの信用を強めた。ところが同年十月、源頼朝の挙兵を知ると、手のひらを返したように源氏方の新宮・那智と宥和《ゆうわ》を図ろうとひそかに動いた。そればかりか、新宮別当家筋の追放など策して、源氏方に急接近したのだった。

治承五年一月、源氏方が南海（紀伊半島沖合）をまわって京に入ろうとしたため、平家方の伊豆江四郎が志摩国を警護した。湛増は熊野の衆徒に命じて、伊豆江四郎を伊勢方面に敗走させたりした。

このように熊野別当家の動きは、入道相国清盛がにらみを利かして、平氏政権が強固なときは平氏に味方したが、源氏の勢いが増すとともに源氏方になびいていった。だがそれは熊野に限ったことではなく、反平家の動きは津々浦々に出始めていたのだった。

伊勢や熊野には御師《おし》と呼ばれる者たちが大勢いた。大社寺に属した御師らは、伊勢詣でや熊野詣をする人の宿泊の世話や道案内などをおこなった。当然そこには、人の流れを介した情報網が形成された。熊野の御師らも束ねた情報通の湛増が、源平の動向を知らないはずはなく、維盛自身も熊野の動向はある程度把握していた。だからこそ維盛は、熊野別当の実権を握っている湛増を何とか平氏になびかせることを念じたのだった。平家一門から離脱した維盛にとっては、それがせめてもの自分の務めだと思っていた。

「新宮に伺いを立てると申されるが、別当の実権はそなたにあるではないか」

維盛はそう言って詰め寄ったが、湛増は、「それは熊野の実情を知らぬからでござるよ」と、やや語気を強めて反論した。血色のよい顔が茹蛸のように赤くなった。

「熊野三山には、わたしがいる田辺勢のほかに、本宮勢、新宮勢、那智勢の三つある。これらを束ねるには時が必要なのでござる」

「うーむ」維盛は、膝上の両手を握りしめて黙り込んだ。と、そのとき、維盛の斜めに控えて、いつもいるのかいないのかわからないほど物静かな宗親が、のっそりと口を開いた。

「湛増どの、では、こういうことでいかがかな。熊野水軍は、平氏にも源氏にも味方せず、中立というのは」

湛増は一瞬ためらったような表情を見せながらも即座に言った。

「おお、それはよいお考えでござるよ。これまでの恩顧を思えば、まことに申し訳なくも思うが、ここで今、即断できぬのじゃ。しかし、どちらにも着かずということであるなら約束できよう」

「実はな、湛増どの。後白河上皇は平氏と源氏の和睦を望まれておられるのだ。それが実現すれば、中立でおられた方が、後々得策でもある。わしは元より戦を望んでおらぬから、こうして屋島を抜け出てきたのじゃよ。この後、高野に上って出家する」

まるで明日にも和睦が成るような言い方だった。維盛は、苦虫をつぶしたように黙り込んだが、湛増においてはこの場をうまく逃れると思ったのか、膝を打って喜ぶふりをした。

「ご出家なさる。それはそれは、殊勝なお考えじゃ。いま多くの民が飢饉で苦しんでおる。戦が起これば民はいっそう難儀する。和睦は上皇様の英慮であらせられる」

「よし、ではもし和睦が成らず戦となっても、平氏と源氏のどちらにも就かぬ、と約束できるのだな」

維盛は、湛増の目を見据えて言った。

「むろんでござる。約束いたそう」湛増はきっぱりとそう言ったが、維盛の視線を軽く受け流している。一言も発していなかった慈空が、維盛と宗親をちらりと交互に見ると、おもむろに口を開いた。

「湛増どのがお約束されたからには、維盛さまも宗親さまもご安心ですな。湛増どの、我らとて戦は望んでおらんのだ。維盛さまもいずれ出家されるおつもりじゃ」

「うむ、維盛さまもご出家なさるとは。それほどのご覚悟で、お越しくだされたのですか。よくわかりましてござる。たとえ和睦が成らずとも、熊野水軍は中立を守りましょうぞ」

この会談の後、昼食にしては豪華な食事を供され、維盛一行は昼過ぎには湛増の邸宅を後にした。

「湛増はあのように言っていたが、わしは信用しておらぬ」

維盛は、馬に乗って邸宅の冠門を出るとまもなく、横に並んで馬の歩をすすめる慈空に向かって吐き捨てるように言った。

「さようでありますな。あの男は必ずや勝ち戦を見極めて動く。顔色にそう出ておりましたから、正直といえば正直でありますな、あははっ」

「わしにはそう見えなんだがな。必ずや、中立の約束を守ると見たが」

宗親が、二人の後ろからのんびりした口ぶりで言った。

「宗親どのは、お人がよろしい、あははっ」

慈空は、後ろを振り返りながら言って笑った。

この会見からほぼ半年後、維盛と慈空の予感したとおりになった。

元暦二年（一一八五）、湛増は、義経から平氏追討使に任命するという火急の文を受け取ると、二百余艘の船に乗った二千余りの熊野水軍を率いて、河野水軍・三浦水軍らとともに壇ノ浦の戦いに向かったのである。

「ところで慈空、もう何年もお会いしていないが、湯浅宗重どのは息災であろうな。できることならこの道をもどってご挨拶したいと思うのだが。源氏の目をかいくぐるのは難しかろう」

「わたしは十歳のときに重盛公のもとに仕えてから、父には数回しか会っておりませんが、息災であると風の便りには聞いております。数年前、息子の上覚上人により得度を受けて入道になったとの由。しかし父は、平氏の恩顧は生涯忘れぬと日頃から周りに申しており、紀伊の国内では熊野別当の湛増とは対立し続けておりますうえ、入道になっても武士であることはやめませぬ」

「そうか、それを聞いて安心した。いずれお会いできるころもあるじゃろう」

「はい、そのときはお供いたしまする」

維盛は、平坦な道をすすむ馬の背に揺れながら、慈空から聞いたことがある文覚上人のことをふと思いうかべていた。

維盛がまだ一歳になったばかりだった平治元年（一一五九）、平治の乱が起きたとき、湯浅宗重は平清盛に加勢し、それ以来、平家の有力な家人として仕えてきた。宗重の息子の上覚が師事したのが、頼朝に平家討伐をすすめた文覚上人であったからだ。

慈空の話によると、文覚上人は、空海上人が嵯峨天皇から下賜された神護寺の再興に使命感を燃やし、後白河法皇が住まう内裏の庭から勧進の趣旨を大声で叫んだ。警護の侍が止めるのも聞かず、繰り返し叫んだので捕縛され伊豆へ島流しとなった。そこで文覚上人は源頼朝と運命的に出会い、やがて平家討伐の旗を揚げることをすすめた。

平治の乱の戦いで勝利した平家の嫡男に生まれた維盛だが、わずか二十年余り後に、こうして浪々の身になっている。そして文覚上人のことをふと頭に浮かべ、平家一門の運命を冷ややかに見つめている自分が、維盛は悲しくも情けなく思った。

その文覚が、壇ノ浦の戦いの後、維盛の嫡子・六代の命乞いを頼朝に願い出たことを、維盛は知る由もない。おかげで六代は救われ、出家して妙覚と名乗った。ところが頼朝亡きあと、庇護者を失った文覚は隠岐の島へ流されることとなり、妙覚は北条氏の手で殺害されてしまった、ということになっているが、維盛はそれも知る由がない。

湛増の館を出てから馬の背で来し方を振り返っていた維盛だが、半刻もしないうちに白浜に着いた。馬を降りた維盛一行は、待機していた熊次郎の軍船に乗って熊野へと向かった。

熊次郎の本拠は、新宮のほかに那智山のふもと近い、太地という漁村にもあった。維盛らは、その太地で五日ほど滞留したのち再び馬の背に乗り、高野山へと向かった。そして宗親ととともに得度出家し、重源や西行もかつて修行していた真別所で三月ほど真言の行を修していた。慈空は十日ほど高野山に滞在したのち、勧進のために摂津へと向かった。

慈空の話にも聞いていたが、真言宗の本山である高野山でさえ観音や阿弥陀の念仏信仰が流行し、昼夜ともなく念仏の声が山にこだまするほどであった。宗親はようやく自分の安らぐ世界に安堵したらしく真言僧としての信仰を深めていったが、維盛は真言宗の基本である「十八道」や「阿字観」などを行じても、心が鎮まることがなかった。どうしても平氏一門の行く末が気になり、日々の勤行にも瞑想にも身が入らないのだった。

屋島を脱してからちょうど半年ほど後のことだった。高野山にいる維盛のもとへ、摂津の太融寺にいた慈空の文を託された石堂丸がやってきた。

源義経の精鋭軍が嵐をついて屋島を急襲し、平氏一門は太宰府の方へ敗走していった、というのである。維盛は、読み終えた文をくしゃくしゃに握りしめて、「またもや義経の夜襲にやられたのか」と口の中でつぶやいた。後に慈空が話したことによると、義経軍はわずか百五十騎ほどの兵で陸のほうから攻めてきたので、海の警戒ばかりに気をとられていた平氏は大混乱に陥り、ほうほうのていで逃れていったという。

慈空の文には、いろいろな人間に聞き集めたという話が記されていた。

文治元年（一一八五）正月十日に都を出立した義経の鎌倉勢は、西国から運上される年貢米が集積される港である摂津渡辺や神崎川の河尻などで、船と船頭の用意や、兵糧や武士の徴収をしていた。義経は、阿波への出発は二月十六日と決めていた。その前日、院の使いとして高階泰経が義経の宿舎へやってきた。

「こんなときに何用か」と義経が詰問すると、

「京内を警護する武士がいなくなったことで、貴族ばかりでなく、荘園領士からも不安の声が高まっておりまする。屋島へ出陣せず、京の警護を固めてほしい」という院からの口上だった。

ちょうどそのころ、兄範頼の率いる遠征軍は、兵糧米の欠乏や兵船の不足する中、平家の執拗な反撃に合いながらも豊後国までに至っていた。合戦を長引かせれば、それだけ敵も味方も無用の血を流すことになる。平家の勇将知盛は長門にいる。臆病と聞く宗盛は屋島にいる。義経は、安徳天皇の内裏がある屋島で決着をつけために、短時間で渡海できる追い風を待っていたのである。

義経が決死の覚悟でいるときに、「京の警護を固めてほしい」などといった理由で出陣を留めにきた都からの使いに、

「殊に存念あり。一陣において命を棄てんと欲す」

と、義経が思わずムッとして叫んだという話も伝わった。

二月十六日の酉刻（十八時）、二百艘の義経軍は雲行きの怪しい中を船出しようとしたが、暴風に逢って一時待機することになった。しかし義経が、「我に命を預けんとする勇者はついてこよ」と叫ぶと、わずか五艘で同日丑刻（二時）に出航した。五艘の船に百五十騎の兵が分乗し、兵糧米や甲冑・武具などを積み込んだので、馬は五十余疋しか乗せられなかった。その中には、この海域を知り尽くした渡辺党の侍が何人もいて、

「屋島を陸から攻略するには、潮の満ち引きを利用して上陸するしかない」と進言した。

義経が暴風を顧みず、無理やり出航した十六日は満月であった。十八日の合戦当日は、まだ満月の影響下で大潮の干満の差が激しかった。

追い風にのって紀伊水道を南下し、阿波国に到着したのは、翌十七日の卯刻（六時）であったという。信じがたいことだが、通常なら半日以上はかかるところを、しかも嵐の中をわずか数刻で紀伊水道を南下したことになる。

上陸地は、勝浦（現徳島市から小松島市）の沿岸であった。そこは、維盛一行が半年ほど前に屋島を脱出した地点から近かった。渚には赤旗が風にひらめいていた。

阿波と讃岐の国境の中山を夜通しかけて超えた義経軍は、辰の刻（午前八時）には屋島の

内裏の向かいの浦に到着し、牟礼と高松の民家を焼き払った。一の谷の敗戦で義経の機略戦法にあれほど警戒したもかかわらず、おりからの嵐が油断させたのか、まさに寝耳に水だった。民家からの火の手を見て、あわてた宗盛は安徳天皇や女院を海上へ逃がしてから、一族こぞって内裏から逃れた。ここで冷静になる者がいれば、義経軍は平氏の十分の一にも満たない兵力であることがわかったはずだが、義経はここでも機略をみせた。

まず総門前の渚に八十騎ほど塊をみせてから、数騎ごとに固まって激しく動きまわり、多勢と見せかけたのだ。平氏側も夜打ちをかけるなどして反撃し、ほぼ三日間、一進一退の攻防が続いたが、ついに平氏側は屋島を捨てて九州方面へ逃れていったのだった。

慈空からの文を読み終えた維盛は、忘れようとしても忘れられない倶利伽羅峠の敗走を思い出し、暗澹《あんたん》たる思いになった。人前でなければ号泣したい気持ちであった。

それから数日後、維盛はひそかに決意することがあった。ちょうどその折に那智の熊次郎から、湛増が壇ノ浦に向かうべく、熊野水軍に号令をかけたという早馬の文が届いたのだった。

維盛は、その翌日、権左と石堂丸を伴い、馬を駆って那智の熊次郎のもとに向かった。

「その後の維盛さまの動向については、共に戦った熊次郎と一朗太が物語することになっている。その話の前に、維盛さまの最期の物語を話しておこう」

慈空はそう言うと意味ありげにニヤリと笑った。それは、こういう話であった。

維盛は高野山で出家したのち、補陀落浄土をめざし、那智の浜から小舟に乗って大海に漕ぎ出し、沖合で入水自殺したという物語である。むろんその話というのは、慈空の創案によって作られた「物語」であった。維盛を世から隠したほうが動きやすく、もし平氏が源氏に敗れたとき、落ち武者狩りから維盛を護るためでもあった。慈空は、その架空の物語を高野聖らに広めていったが、本当の「ものがたり」となるのにそれほど時間はかからなかったという。

「長明殿もご承知のとおり、空也上人のころから法然上人の今に至るまで、念仏信仰は巷にあふれておる。法然上人の念仏信仰のご本尊は西方の阿弥陀如来だが、南方には観音如来の補陀洛浄土があると言われておる。その信仰をそのまま寺の名とした補陀洛山寺という小さな寺が、熊野那智大社のふもとにある。熊次郎の水軍の本拠の一つがある那智湾から近くじゃ」

と慈空は言って、補陀洛山寺の歴史的背景を説明した。

「この寺から補陀洛渡海の舟を初めて出したのは、慶龍上人と言われている。それは貞観十年（八六八）というから、長明殿が念仏の祖と言われておる空也上人（九〇三～九七二）より六、七十年も昔のことになる。二人目は、五十年ほど後の延喜十九年に祐真上人が補陀洛渡海の二人目となった。それから二人の上人が渡海しているので、寿永三年（一一八四）に渡海したことになった維盛さまは五人目ということになるわけじゃ」

慈空は、維盛の補陀洛渡海の物語を作りだす前に、快元上人という住職を訪ね、根ほり葉ほり話を聞いたという。

快元上人の話によると、補陀洛渡海を志して寺に参る者は、僧侶だけでなく山伏や元武士と言う者までいまも後を絶たない。しかし、この日を渡海日と決めて一心不乱に念仏を唱えていたかと思うと、いつの間にか寺から姿を消してしまう。

「どうやら熊野灘の荒海を日々眺めているうちに、死の恐怖にとらわれてしまうようじゃ。実はわしもその一人じゃった。この寺に来てはや三十年あまりになるが、その間に見事渡海できた者は一人もおらん。補陀洛渡海舟に乗った信心の固い僧侶を見送ったこともあったが、その舟は数日後に串本近くの沿岸に着いていた。発見した漁師の話によると、舟に乗せた箱の中を検《あらた》めるともぬけの殻だったそうじゃ。渡海の舟に乗り込むまでは、念仏を一心に唱えていると補陀洛浄土が見えてくると信じていても、暗い海に漂ううち急に恐ろしくなって箱を中からこじ開けて、舟をこいで逃げおおせたようじゃな」

と快元上人は、自らの恥もさらして、おかしそうに語っていた。

大海に浮かべば笹舟にも等しい小さな補陀洛渡海舟には、一人がやっと入るほどの四角い箱が乗せられ、渡海者が入ると外から釘が打たれるから、簡単には箱から出ることはできなくなる。この舟に乗ることは死を覚悟してのことだが、何日分かの食料と灯油が用意される。渡海舟は縄で結ばれた船で海岸から半里もいかないところまで導かれると、そこで縄が切られ、潮の流れるまま沖合に流されていくのだという。

慈空は、そのような話を聞いた数日後、維盛の補陀洛渡海計画を快元上人に打ち明けた。すると快元上人は、渡海者が平氏の御曹司と聞かされて驚いたが、その準備にあたっては喜んで協力すると言った。慈空が、快元上人が望んでいた鐘楼堂の釣鐘をつくるだけの寄進を忘れていなかったことが、功を奏したらしい。

こうして寿永三年（一一八四）三月二十八日、維盛と慈空と石堂丸のほかに、快元上人とその弟子が一人、舟子二人を合わせて七人が補陀洛渡海の舟に乗った。

以下は、後々『平家物語』（巻十）で語られた「維盛入水」の抜粋である。


三つの山の参詣事ゆゑなくとげ給ひしかば、浜の宮と申す王子の御まえへより、一葉の船に棹さして、万里の蒼海にうかび給ふ。はるかの奥に山なりの島といふ所あり。それに舟をこぎ寄せさせ、岸にあがり、大きなる松の木をけづって、中将銘跡《めいせき》を書きつけらる。

「祖父太政大臣平朝臣清盛公、法名浄海。親父内大臣左大将重盛公、法名浄蓮。三位中将維盛、法名浄円。生年廿七歳、寿永三年三月廿八日、那智の奥にて入水す」

と書きつけて、又奥《おき》へぞこぎ出で給ふ。思ひきりたる道なれども、今はの時になりれば、心ぼそうかなしからずといふ事なし。

比《ころ》は二月廿八日の事なれば、海路遥かに霞《かす》みわたり、哀れをもよおすたぐひなり。ただ大方の春だにも、暮れ行く空は物うきに、況《いわん》や今日をかぎりの事なれば、さこそ心ぼそかりけめ。（中略）
鐘うちならしてすすめ奉る。中将しかるべき善知識かなと思食《おぼしめ》し、忽《たちま》ちに妄念をひるがへして、日に向ひ手を合わせ高声《こうしょう》に念仏百返計となえつつ、
「南無」
と唱ふる声共に、海へぞ入り給いける。兵衛入道も石童丸も同じく御名を唱へつつ、海へぞ入りにける。

「なかなかよくできた物語じゃ。兵衛入道とはこのわしのこと、そして石童丸は石堂丸のことじゃよ、あはははっ」

と慈空は言って哄笑した。

この「平家物語」に見るように、一葉の小舟は夕暮れる少し前に浜の宮を出て、途中の小島に上がると「……三位中将維盛、法名浄円。生年廿七歳、寿永三年三月廿八日、那智の奥にて入水す」と、松の木に文字を削ったとある。事実は、文字を記した板を松の木にかけただけだった。法名浄円とあるのは、清盛公が浄海、重盛公が浄蓮という法名だったのに倣っ

たまでで、慈空が名付けた維盛の得度名は玄空となった。

夕暮れに舟を出したのは、人目から逃れるためで、日没を待って舟を岸に漕ぎ寄せるためであった。この舟には、補陀洛山寺の快元上人にも乗ってもらい、松の木にかけた板の文字は、快元上人に書かせている。快元上人をはじめ、同船した弟子や舟子、そして浜の宮で舟を見送った熊次郎や地元の漁師たちも、慈空が創作した「維盛入水」物語の証言者になったのである。

都にもこの噂はたちまち広がり、建礼門院右京大夫の歌にも詠まれた。

春の花の　色によそへし　おもかげの　むなしき波の　したにくちぬる
かなしくも　かゝるうきめを　み熊野の　浦わの波に　身しづめける
（建礼門院右京大夫）

歌人として知られる建礼門院右京大夫は、高倉天皇の中宮建礼門院平徳子に出仕したことから呼ばれた名だが、維盛の弟の資盛と恋愛関係にあったことから維盛とも親交があった。

こうして維盛は、貞観十年に補陀洛渡海した慶龍上人から数えて五人目の補陀洛渡海者となった。しかも三百十数年ぶりの壮挙であっただけに、その物語が世に広まるのも早かった。

その後、維盛は山伏の姿となって昼夜堂々と人前に出ることが適うようになると、重盛が残した黄金の半分ほどを熊次郎に渡し、軍船を何艘も作るようにと命じたのだった。

「このような大金を」と熊次郎は心底驚きつつも、「わしが造った軍船よりさらに大きなものを、十艘も作れましょう」と言った。

「そうか。しかし今は、火急を要するのじゃ。まず一艘を早くつくってくれ」と維盛は言った。

「承知つかまりました」

「半年でつくってくれ」と維盛が重ねて言うと、

「それはまた無茶な。せめて十月ほど」

「いや、ならん。それでは間に合わんのだ」

「うーむ。わかりもうした。熊野の山師なども総動員して作りましょう」

「たのむぞ。黄金は彼らには惜しみなく使え」

熊次郎はその大金を存分に使って、近在の船大工だけでなく宮大工まで四、五十人駆り集めた。山師には大木を伐採させるとともに、いちにちも早く作業にかからせるため、十分乾燥した木材を船大工や宮大工から提供させた。大工や山師が寝泊りできる小屋を五棟建て、百姓の女たちには賄いをさせ、手伝いたいという子供らにも雑用をさせた。報酬がたっぷりもらえるとあって皆喜んで働き、昼夜もなく祭のようなにぎわいとなった。

船が造られている間の約半年、維盛は山伏修行に熱を入れるようになった。山伏の先達に案内され、熊野や高野の山々だけでなく、吉野の大峯山にも足を伸ばした。十日、二十日とそれぞれの山に籠って、九字を切り、印を結び、陀羅尼を唱えた。時には、権左や石堂丸を伴うこともあったが、たいていは先達と二人で山に入った。崖で足を滑らせて足腰を痛め、洞窟の中で数日動けなくなったこともあった。しかし先達は何の介助もせず、ただ見守るだけだった。

髪や髭を伸ばし放題に、日焼けした顔で山伏姿になった維盛を見た者は、よく知る者でも本人と気づく者は誰ひとりもいなくなった。清らかな声も、喉をつぶして野太い声に変わっていた。

「いまの維盛さまなら、落人狩りにあっても楽々と逃れることができまする」

慈空はそう言って目を細めた。

維盛の隠れ屋は太地の港を見下ろす近くの山林にあった。月の夜は昏い海をのぞむなみがら横笛を吹いたりした。そんなとき、ふと都に残した妻子を思い出すこともあった。横笛は敦盛に次ぐ名手ともてはやされた維盛だったが、横笛の音色には寂しげな哀調があり、思い出したくもない昔がしのばれる。それを嫌った維盛は横笛を封印し、山伏にとって身を護る護符ともいえるほら貝を吹く練習に励んだ。横笛と違って、ほら貝を吹くと腹の底から力が湧いてくるようだった。

ある日の早朝、維盛は青々と輝く海に向かってほら貝を吹いていると、舟に乗って釣りに行く約束をしていた一朗太が崖の坂道を上ってきた。

「維盛さま、ずいぶんお上手になられました。けど、その音では山を越えることは適いませぬ」

維盛のそばに来ると、遠慮なくそう言った。いままでは家族同然の間柄となっており、ずけずけとものを言うが、維盛はむしろそれがうれしかった。

「どうしても息が続かんのだ。手本を見せてくれ」と維盛が言うと、一朗太は腰にぶらさげたほら貝を取り、両足をふんばって吹きだした。

ブォー、ブォー、ブォー、ヒュイー、ヒュイー、ブォー、ブォー
低音から高音へ流れ、かすれた音から明瞭な音へと、一息で吹いている。維盛が吹くと頭に血がのぼり、顔が真っ赤になるが、一朗太は顔色ひとつ変えず、何か意味ありげな旋律を吹いている。

油のように凪いだ海面を見ながら、ほら貝の音色に耳を集中させていた維盛が、

「オォー」と突然声をあげた。

港から半里ほど先の海面が少し盛り上がったと見えた途端、鯨が飛び上がったのだ。

一朗太の吹くほら貝が鯨を呼び寄せたのだ。

一朗太は横目でそれを見ながら吹き続けた。すると、飛び上がった鯨のすぐ横で、小さな鯨が海面から少し跳ね上がった。

「あははっ、母鯨をまねて飛びました」

ほら貝を口から離した一朗太が、いかにも嬉しそうに言ったとき、母鯨が尾鰭を高く上げて海面をたたいた。子鯨はすぐそのまねをした。その近くの海面が急に盛り上がったのは、イルカの群れらしい。鯨とイルカが仲良く泳ぎながら、声をあげている。

キュー、キュルウー、キュー、キュルウー

「あの母子の鯨とイルカがわしを呼んでおります。舟に乗ってから、ほら貝で鯨を誘い、イルカに乗ってみせましょう」

「イルカに乗るとな。一朗太はそんな芸当もできるのか。おもしろい、ぜひ見せてくれ」

維盛は、六代とあまり年の差のない一朗太を我が子のようにかわいがった。山伏の修行に励んだり、一朗太とともに海に出たりして、維盛は飽くことを知らなかった。

熊次郎は、維盛の無聊《ぶりょう》を慰めようと、一朗太の妹でまだ十四歳のカナと村の老婆を暮らしの世話にあてた。熊次郎には、娘に平家の貴種をもらいうけたいという思惑もあった。しかし自分の娘だけでなく、二人の豪族の娘たちを寄越したのは、人質の意味合いがあると、熊次郎はこう言った。

「維盛さまが、山伏になりおうせても、金欲しさに密告する者がないとも限りません。わしの目が届くところでそれはさせませぬが、その恐れがある者は即刻殺します。いずれにしろ用心に越したことはござりません」

維盛は笑って熊次郎の助言を受け入れた。もとより女好きの男盛りの血が騒いでいたが、あとから差し出された十六と十七歳の娘とカナが、互いにいがみ合わないようにと、みな平等に愛するように心がけた。都の公卿社会では妻や妾の家に通うのが習わしだが、ここでは女の方から維盛の屋敷に通わせた。屋敷周辺には、熊次郎が命じた屈強な武士が警護にあたっていた。

熊次郎の配慮はありがたかった。しかし維盛がいかに女好きとはいえ、娘たちとの会話がはずまないから、夜伽《よとぎ》の相手でしかない。都ではさんざんそんな暮らしをしてきた維盛は、女たちの嫉妬や機嫌をうかがうようなことは面倒でもあった。そういう日々の惰性から逃れるためにも山伏修行に励み、一朗太と海へ出るのを楽しんだのだった。

こうして約束の半年もたたない内、湛増の熊野水軍が壇ノ浦へと向かう一月ほど前に、かつて見たこともない巨大な軍船が出来上がった。熊次郎の持つ軍船より一回りは大きい。船の全長や幅は二割ほど大きく、中心の帆柱の高さにしても一割は高く、しかも帆柱は五本になっていた。舳先の角度は鯨が飛び上がったように四十五度に伸び、船尾のほうは鯨の尾鰭が海面から垂直に突き出た形になっている。中心の帆柱より前に二層の館があり、その壁は薄い鉄板で覆われ、弓を射る小窓が上下左右合わせて五十ほど開いている。

維盛は、山伏修行の合間に造船の作業現場にひょっこり現れたが、その形が次第に出来ていくたびに、感嘆の声をあげた。

「この舳先と船尾は、まるで鯨をみるようじゃな」

「まさに。わしらが図面を描いているそばで、一朗太が言った考えを取り入れました」

「やはりそうか」

「魯櫂は両舷合わせて八十で、熊次郎の軍船より二十人多いから、追い風のときには船足も二倍速い。舟子百人のほかに、三百人の兵が楽に乗れまする」と、熊次郎は胸をはった。

「これなら万里をへだてた補陀洛に浄土へも悠々渡れようぞ。だが、補陀洛号では軍船としていかにも弱そうじゃな。不動丸と名付けるが、通称は、くじら丸じゃな、あっははっ」

維盛は、そう言って豪快に笑った。光源氏の再来ともてはやされた頃の公卿の面影はまったく消えさっていた。頬がこけて眼鋭い日焼けた顔といい、後ろに束ねたざんばら髪といい、すっかり荒々しい山伏になりきっていた。

大日如来

予が法楽寺に来て十五日目の朝方だった。慈空とともに見上げるような大男が部屋の桟をくぐりぬっと入ってきた。わしは文机の前に座り、これまでの話をまとめているところだったが、驚きのあまり手から筆をすべらせた。慈空から聞いていたが、予想以上の大男だった。その大男は立ったまま熊次郎と名乗ると、白い歯を見せて笑った。薄黄色の麻の山伏の服を着て、まっ黒に日焼けして耳から顎までうめた髭面はまさに熊のようであったが、笑うと妙に愛嬌があった。

「よう、こんなに育ったもんだの」

親しみをこめて言いながら熊次郎の横に並んでみると、予の頭上は熊次郎の顎の下より三尺ほど低かった。

「熊次郎は見た目とはまるで違って、信心も深い優しい男でござるよ」

慈空は、予の気持ちを察したらしく笑いながら言った。

「長明殿、今日は熊次郎の話を聞いてくだされ。海の聖獣、鯨にまつわる話じゃが、見たことがない者にはとうてい信じられんことばかりじゃ。だが、まことの話だ。どんな生き物か想像もつかんだろうから、ここに聖獣の絵を描いてきた。とにかく、ありのまま記録してくだされ」

予は慈空から渡されたその絵を見て、「これは」と一瞬息をのんだ。

鯨というものが大海に棲んでいるということは、『古事記』で読んだ記憶がうろ覚えにあった。神武天皇が東征の折、豊前国宇佐から瀬戸内海をへて摂津の港から大和に入ろうとしたが、その地の豪族に妨害された。そこで再び海へ出て、紀伊の国の西海岸をぐるりと回り熊野から上陸した。そのとき熊野の海で、久治良《くじら》を獲ったというのだ。

この久治良なるものが、慈空が描いてきた鯨と同じものかどうかは知る由もないが、巨大な生き物が海に棲んでいるということは確かなようだ。

以下は、鯨の棲む熊野の海に生きてきた熊次郎が古老の漁師らから聞き集めた話と、慈空が語った話をまとめたものである。

熊次郎の家は、太地の港で先祖代々漁師を営み、父親の熊太は近隣に名を轟かせた勇猛果敢な大男だったという。背丈はゆうに六尺をこえ、山の大熊を素手で一ひねりしたという伝説も残っている。酒を飲ませたら一升くらい一息で呑みほし、ケロリとしていた。熊次郎の図体は、父親の熊太の血を継いでいたが、性格は正反対といってよいほどだった。慈空の語るところによると、熊次郎の人を包み込むやさしさは、六歳のときに死んだ母親の心根と信仰心を継いでいるのだろうということだった。

太地の近海は豊富な魚介類に恵まれ、昔からとくにマグロやイカ漁がさかんであった。漁村には五、六十軒の漁師の小屋が軒をつらね、熊太の家は代々、この漁村の名主的な存在として漁民をたばねてきた。

熊次郎は、熊太の次男として生まれた。熊吉という五つ年上で腹違いの兄がいたが、熊次郎が十三歳のとき沖合の海でおぼれ死んだ。いや、殺されたといったほうが正しいだろう。

「息子を殺したのはあの鯨じゃ」

熊吉を初めて鯨漁に連れていった熊太は怒り狂った。以来、熊太は鯨への復讐に執念を燃やすようになった。

鯨は時折、太地の近海の入り江に姿を見せた。近海といっても、何里も先の鯨を射止めることは難しい。たとえ射止めたとしても、その巨体を浜まで運びこむことはできない。鯨は体の大きさや種類がいろいろあるから、その種類や大きさを見極めたうえで舟を出すかどうかを判断する。入り江に迷いこんだ鯨を外海のほうから追い込んでいくのだが、たとえ射止めたとしても、海中に沈む鯨はあまりにも重すぎて浜まで運びこめない。

「射止めたら、海に浮かぶ鯨と海中に沈んでいく鯨がおる。三十年前、海中に沈んでいく大鯨に舟が引き込まれて、十人もの犠牲がでたというぞ」

「射止めても海中に沈まん鯨でないと浜までひっぱってくるのは無理や」

「舟の二倍以上もある鯨も追いこむのを諦めたがいい。浮きの樽を鯨に十数個むすびつけても海岸まで運べなんだで。しょうことなしに樽につないだ縄を切って鯨を沈めたそうじゃ」

「母子鯨もだめだ。間違って子鯨を殺してしもうたときも、七人が殺《やられ》てしもうたと、じいさんが言うとった」

このように先祖代々言い継がれてきた経験と、そのときの舟長の判断ひとつにかかっていた。なにしろ漁民総出で何十艘もの舟を出しての鯨との死闘だったからだ。

岬の高台にある見張り番の「鯨が迷い込んだ」の一声で、村中はたちまち祭さわぎとなった。鯨一頭を仕留めれば、漁村が一カ月食えるほどの肉が獲れ、しぼった油は貴重な灯油にもなる。鯨は年に数回あるかないかの海の宝物だったのだ。

しかし入り江に鯨を発見しても捕獲できる確率は十数回に一回程度で、たいていは追い込むうちに逃げられてしまう。六、七十人の漁師が十数艘の舟で鯨を追い込み、モリを打ち込んでも、鯨は必死に逃れようと暴れまわる。とどめの時には、背の上にある急所に細長い刀を打ち込むのだが、その前に尾鰭に打たれて転覆する舟が続出した。仲間を助けだそうとしているうちに鯨に逃げられ、鯨がつくりだす波の渦にまきこまれて、泳ぎの得意な漁師でもおぼれ死ぬことがあった。舟板一枚下は地獄だと漁師たちはいうが、鯨漁はまさに死を賭した戦いだった。太地の港をのぞむ小高い丘には、鯨の墓とともに、戦いで犠牲になった漁師の墓がいくつも並んでいる。

熊太は、鯨漁となると興奮のあまり血相を変えて、舟を早く出すよう漁民たちに命じた。

鯨漁には追い込み用に少なくとも十四、五艘の舟でかからないとおぼつかない。入り江の中では、鯨にむすぶ縄につないだ浮き用の樽を十数個用意した舟が、五、六艘待機している。その待機舟には、人手も足らないこともあり十二、三の少年らも乗っていた。むろん鯨獲りの経験を積ませるという意味合いもある。

漁師の中には、鯨漁で家族を亡くした者もいるので、浜に近い入り江で待機する役ならまだしも、追い込み役の舟を出したがらない者も少なくなかった。

「おそらく、あの鯨は大きすぎて手におえんぞ。また死人がでる」

「もうすぐ日が暮れる。鯨を射止めたころには真っ暗でどうにもならんぞ」

そんな消極的なことを言って、舟を出すことをしぶったりすると、

「よし、おまえらは行かんでいい。そんかわり、分け前はないと思え。これから鯨漁には一切来んでいい」

熊太に逆らうと後々が面倒なので、しぶしぶ舟を出すことになった。

熊太に真正面からさからえる者はほとんどいなかった。さからえば下手すると殺されるという恐怖心があったからだ。熊太に日ごろ反発していた若い漁師の遺体が崖下の岩場で発見されたとき、漁民の多くが犯人は熊太だと疑ったが、真相は闇のままとなった。しかし、息子の熊吉が鯨漁で死んだとき、「ざまあみろ」と、村の漁民たちは陰で嘲笑った。

熊吉が死んだその鯨漁のとき、舟を出さなかった漁師が二人いた。

「鯨の大きさはいいが、物見が言うには、子鯨が見えたというじゃねえか。子をもった母鯨は恐ろしいでな。万一、間違って子鯨を殺したりでもしたら、とんでもねえことになっからな。わしが若えころ、子鯨を殺したばっかりに凶暴になった母鯨が舟を転覆させて、七人も死んだことがあったと、うちの爺さんがそう言ってたぞ。俺は、今度ばかり行かねぞ」

「おれもその話はオヤジに聞いたころがある。うちの爺さんはそのとき死んだ一人じゃ」

二人の漁師の話を伝え聞いた熊太は、船出の準備で集まった皆を前に、どら声を張り上げて言った。

「あいつら二人は三十年以上昔の話を持ち出しておびえておるわ。何をおそれている。子鯨は逃がしてやればいいことじゃ。今日は、わしの息子の熊吉を連れて行く。腕力だけはもう一人前じゃ。源治、おまえの舟に乗せるから、熊吉をよおく仕込んでやってくれ。言うこと聞かなんだら、海へ放り込んでもいいぞ」

「承知しやした」と源治は口では言ったものの、ふと迷惑そうな顔をした。源治は熊太の忠実な子分のようだが、それでも熊吉を預けられるのは嫌そうだった。熊吉は、父親の剛腕ぶりを丸写しにしたような性格で、村の子供たちの間でも評判が悪かったからだ。

「熊吉はあのオヤジそっくりや。うちの子らの先々が思いやられるわ」と、子を持つ親たちは熊吉のことをうわさした。

　こうして十三艘の舟は、入り江に迷い込んだ母子の鯨を遠巻きに追い込むため、二里ほどの沖合に向かった。櫂をこぐ舟子が四人、船尾で舵をとる者が一人、方向を指示する者が舳先に立ち、一艘に六人が乗るから、総勢八十人ほどの漁師が一頭の鯨に立ち向かうことになる。漁村の漁師の大半がこれに加わり、運よく捕獲したら港ですぐに女も交えて村の総出で鯨の解体が始まる。

　数日前に台風が過ぎさって、初秋の海は油を流したように凪いで青々と輝いていた。熊太が先導する舟に続く十二艘は、外洋へ出てから一里も行かないうちに三艘づつ三方向にわかれ、夢見るようにゆったり泳いでいる鯨母子に感づかれないよう遠巻きに近づいていった。熊太の舟は三艘を連らねて、鯨の進行方向をふさぐように左方向へ大きく迂回して、息子の熊吉が乗った舟もほかの二艘とともに右側から迂回して鯨の後ろからついていった。直進する三艘は、鯨の方向転換するのを見定めながらすすんでいる。

　熊太の舟が、あと五町（五百メートル）ほどで鯨に接近するときだった。母鯨が潮柱を吹き上げて海面から深くもぐりこんでいった。それをまねて子鯨もついていく。

「どこへ向かった！」熊太が、隣の舟に向かって叫んでいる。

「西方向へ逆転したようや」

「よし、このまま遠巻きに追いこめ」

熊太の舟が西方向へ転じてしばらくして、海面がぐぐっと盛り上がったかとみるや、鯨の半身がどんと海面から浮き上がった。どばぁー、という地鳴りのような振動音をたて、波しぶきを上げた鯨が海面にもぐり込むと、続いて子鯨が海面から三尺ほど飛び上がった。なんでも母鯨のまねをしたがるらしい。海面から飛んだ子鯨の大きさは、七、八尺ほどに見えたが、母鯨のほうはその四、五倍、三十尺（十メートル）以上はあるようだ。船の長さの二倍近い大きさだ。

「なかなかの大物じゃが、これくらいなら運ぶのも楽じゃな。今夜はうめえ酒をたらふく飲ませるぞ。精出して漕げ、遅れるな」

舳先《へさき》に立つ熊太は櫂をこぐ舟子たちに命じると、息子が乗った源治の舟に向かって叫んだ。

「源治、そっちへ向かったぞ」

熊太は大声を張り上げながら右手で鯨の進む方向を合図していたが、半里ほど先の源治の耳には届いていなかった。しかし舳先に立った熊吉は、父親の熊太の合図でわかった。

「源治さん、鯨がこっちへ向かっていると、オヤジが叫んでいるぞ」

「よっしゃ。いったん漕ぐのは止めて、モリの用意をしておけ」と舟尾で舵をとる源治は五人の舟子に命じた。

熊吉もモリを手にして舳先の先方や舷の左右を見まわした。近くにいた三艘の舟に乗る漁師らも一斉にモリを手にして海上を見まわしている。海面は凪いだままで何の変化もなかった。

「ちっ、迂回して逃げられたか」源治がぽつりとつぶやく。

熊太の舟を先頭にして続く三艘が、懸命に櫂をこぎながら源治の舟の方に向かった。その四艘があと二、三町（二、三百メートル）という距離に迫ったときだった。

海面が盛り上がりながら波立ったかと見るや、
ドバッ
母鯨が半身をよじって海面から跳ねあがり、その勢いで落下したとたん、波しぶきが熊吉の頭上から降ってきた。

「うぁー」

熊吉が悲鳴をあげて舳先にしゃがみこむと、一瞬舟が大きく傾いて舟子の一人が危うく海に落ちそうになった。

「熊吉、しっかりしろ。落ち着け」

源治が叫んで、母鯨がすすむ方向へ舵をきる。

子鯨がまねて飛びあがると、母鯨を追って船の下をくぐっていくのが、しゃがみこんだ熊吉の目に飛び込んできた。熊吉がモリをもって立ち上がったのを見て、源治は叫んだ。

「熊吉、何をするんじゃ。そいつは子鯨じゃぞ。撃ってはいかんぞ」

「ああ、わかっちょるがな」熊吉は笑って答えた。

母鯨のほうは、すでに四町（四百メートル）ほど先で潮柱をあげて、子鯨が追いつくのを待っているように悠然と泳いでいる。

熊太らの四艘の舟は母鯨のほうへ先回りしようと猛然と櫂をこいでいる。ほかの三艘は鯨が再び方向転換することもあるので、熊太と源治らの舟の中間あたりに距離を保ちながら、ゆっくり移動していた。

子鯨が母鯨に追いついて横に並んで泳ぎはじめたころ、源治らの舟は一町（百メートル）ほどに迫っており、熊太らの舟は三、四町ほど離れた位置で、鯨の進路をふさぐように横並びになった。ちょうどそのころ、霧のような雨が降り出し、半里先の視界が見えにくくなっていた。それでも母鯨は、前方に四艘の舟が並んでいるのが見えているのか、潮を吹くと、ぽっかり浮かんだまま動かない。

「漕ぐのは二人でいい。静かに舟を寄せろ。モリを持て」

源治が舟を接近させながら、静かに命じた。あと三、四十尺あるかないかのときだった。突然、舟の陰におびえたのか、子鯨が海面から跳ね上がった。すると母鯨は、ゆっくりと源治の舟の方向へ頭を向けて動き出そうとした。そのとき、熊吉と源治の声が同時だった。

「こんやろう！　くらえ！」熊吉の手からモリが放たれた。

「あっ、止めろ、熊吉」源治が叫んだが遅かった。

熊吉のモリは、子鯨の頭のあたりに命中したようだった。

ギュイーン。奇妙な声をともに子鯨が小さな尾鰭を上げると、海面から少し頭を持ち上げた。

源治の顔から一瞬血が引いた。

「熊吉、子鯨を撃ったぞ。あれほど言うたのに、なんてことをするんや」

源治がそう言った瞬間、舟がものすごい衝撃を受けて宙空に舞い上がった。母鯨が体当りして尾鰭で舟をはじいたのだ。すぐそばにいた二艘の舟は慌てて逃げようとしたが、荒れ狂った母鯨の尾鰭の一撃で、次々と転覆していった。

熊太が乗った舟のかじ取りをしていた佐次吉が、突然叫んだ。

「親方、源治らの舟が三艘とも急に消えてしもうた」

「なに、霧が深くて、おれにはまったく見えんぞ」

佐次吉は、晴れた海なら半里先の人の顔も判別できるという遠目だったが、霧のせいで判然としなかった。それでも熊吉が、モリを投げたところははっきり見えたのだ。

「熊吉が最初にモリを投げてから、急に舟が消えた。子鯨を殺ってしもうたんやないかな。それで母鯨が暴れたんや」

「ほんとか！　あのバカやろう！　あれほど言うておったのに」

「あっ、舟が転覆してるのが見えましたぜ」

「なんじゃと。はようそれを言わんか」

「いま霧が少し晴れたんで…」と言う佐次吉の言葉を遮り、

「舟を漕げ、急げ」と熊太は近くの三艘の舟にも命じた。佐治吉が岸の方を見ると、三艘の舟が浜に向けて逃げいくのが見えたが、熊太にはそれを言わなかった。「おれだって逃げたい」と内心思ったからだ。

熊太らの四艘の舟が、その現場に近づいときには、転覆した三艘の舟には五、六人の舟子が寒さに震えながら身を寄せており、熊吉が乗っていた舟は解体してその木片が漂っているばかりだった。

鯨が半身を捩りながら海面から飛び上がった勢いで落下すると、そこには大きな渦巻きができる。渦に巻き込まれると、一瞬気を失って、大量の水を飲みこんだりする。そうなると、方向感覚も見失い、海面から浮上する前に窒息死してしまう。おそらく鯨は、舟を転覆させた後も、舟子たちを執拗に攻めて渦に巻き込んだのだろう。

ただ舟を転覆されただけなら、泳ぎが得意な漁師なら二里や三里くらい泳いで岸にたどり着けるが、すぐ沖合には強い潮流が流れている。その潮流に入りこむと、いくら上手な泳ぎ手でもそこを抜け出ることはなかなか難しい。出られても寒さで体力が消耗して、力尽きてしまったりする。結局、源治のほか六人の舟子は助け出されたが、熊吉をはじめ残る十八人の行方はわからなかった。十日ほど後、死んだと思っていた三人の漁師がひょっこり村に帰ってきた。破舟した板につかまって黒潮に流されて漂っているところを新宮の海賊船に発見され助けられたのだと話した。

「黒潮に流されているうちに、二日目に二人が力尽きて死んだんじゃ。わしらも死ぬんを覚悟したけんど、三日目に海賊船に救われた。もう鯨漁はこりごりじゃ」

「熊吉が放ったモリが子鯨を殺した。それで母鯨は狂ったように暴れたのだ」

そう証言した源治の遺体が、崖下で見つかったのは、それから十日後のことだったが、「また熊太が殺したのだ」と、村人はささやくばかりだった。

しかし、熊太はさすがに多くの舟子を犠牲にした罪悪感も多少はあったのか。熊吉を亡くしたあと、熊太は毎日浴びるように酒を飲み、漁にも出なくなっていた。それから三月ほど後、熊太は一頭の鯨を追って海に出た。一人で鯨を追うなどというのは自殺行為である。熊太は、とうとう帰らなかった。

「おそらく、あの母鯨が熊太を誘いにきたのだ」と、村人たちは噂した。

熊太が鯨を追って帰らなくなったとき、熊次郎は八歳だった。熊次郎の母親は五歳のときに亡くなっていたので、熊次郎は義母に育てられていたのだが、熊太が死んだ後は、居づらくなっていた。息子の熊吉には甘かった義母は、何かといえば熊次郎に辛くあたり、飯もろくに食わせてくれないことがしばしばだった。熊次郎は柄ににあわず、子供のころから優しい性格をしていたので、村人は同情し温かく見守ってくれた。その一人が熊太の舟にいつも一緒に乗っていた佐治吉だった。

「熊太は多くの者に憎まれておったが、孤児だった俺を面倒みてくれた。そんなわけで義理があってな。都の大火事で親が死んでしまい、乞食になっていた俺は人買いに買われて住吉辺りの豪農に売り飛ばされたんじゃ。八歳のころじゃ。そこでこき使われてな。辛抱していたけんど、そこにおったら殺されると思って、夜中に逃げ出した。そのときは十歳じゃ。熊野の方へ行って漁師になったら食えると思うて、海岸沿いをふらふら歩いて行った。飲まず食わずで四日間さまようちに倒れてしもうてな。串本あたりの海岸の浜で倒れているところを熊太の家来が見つけてくれた。そういうわけで、以来二十年、熊太は俺の親代わりになって育ててくれたのじゃ」

佐治吉は、熊次郎を義母から離して自分のところに引き取ったとき、そんな身の上話をした。

佐治吉夫婦の間には子供がいなかったこともあり、信心深い妻のキヨは、熊次郎の面倒をよく見たし、熊次郎が十三、四歳の頃から山伏の修行を始めたのはキヨの感化といってもよかった。

「キヨは何でもかんでも、仏さま神さまのおかげだからな。漁師は殺生せんば食っていけんが、鯨漁だけは止めてくれと言う。鯨さまは海の守り神で、大日如来の化身だと言ってな」

佐治吉はそう言って笑ったが、キヨの信仰心には一目置いていた。実際、佐治吉は熊太が生きていたときは鯨漁に行くことを断れなかったが、熊太が死んだ後は一度も行ったことがない。

漂流しているところを海賊船に助けられた三人の漁師らも鯨漁に行かなくなっていたが、漁師の血が騒ぐのか、二、三年ほどしてからまた行くようになった。

「殺された奴らの弔い合戦や」などと言う者もいたが、本音は一攫千金への欲望だった。

「死ぬのを恐れて漁師などやっておれん」という思いは誰にもある。まして海は、漁師にとっては農民が耕す畑のようなものだ。海も耕さなくては食っていけない。その意味で、自分の海を往来する舟から通行料を徴収するのも食うためだ。それは当然の権利である。したがって通行料を払わない者に対して、漁師たちは海賊に早変わりする。海に囲まれた日本列島は、そんな海賊たちの稼ぎ場でもあった。

熊次郎は、佐治吉の家に来てから一年後、九歳のときから舟に乗り、マグロやイカ漁に行くようになった。漁に行かないときは、キヨに連れられて寺や宮参りに行った。佐治吉は「わしのぶんまで祈ってきてくれ」と言うだけで、決して一緒に行こうと言わなかった。ただ、キヨが一人で行くことは山賊に襲われる危険もあるので、体だけは大きい熊次郎が着いているのは心丈夫に思っていた。

那智山の熊野大社や青岸渡寺に参るときは、往復でまる二日かかる。青岸渡寺でお籠りをして、キヨはひたすら念仏を唱えるのだった。文字が読めないキヨの念仏というのは、いったい何のためなのか、まだ何もわかっていない熊次郎には、窮屈であり退屈極まりないことであった。しかしそれでも一心不乱に祈るキヨの姿は神々しくみえた。

「死んだら極楽に行く」とキヨは言う。では、その極楽とはどんなところなのか。熊次郎がキヨに尋ねても、「そりゃ、なんの苦労もなく、楽しいところじゃて」と言うばかりであった。

「わしのおかんも、極楽におるんじゃろうか?」

「そりゃ、おるがな。もしおらなんでも、おまんがよく祈ったら極楽に住めるようになるけん。精出して祈らしゃい」

キヨはそう言って、やさしく微笑んだ。キヨの顔は目が細くて鼻が低く横に広がり、その上日焼けでまっ黒で皺も多い。「サルに似ている」と熊次郎は思ったこともあるが、微笑んだときは全身を包み込むような温もりがあった。母親の記憶が薄れているだけに、熊次郎にはなおさらキヨの存在が尊い仏に見えてきた。

山が錦秋に色づくころ、もう数え切れないほどの那智山参りのときだった。熊次郎は十三歳になり、まだひょろっとしていたが背丈は六尺近くにも伸びていた。この日は日帰りするため、キヨを駄馬の背に乗せて、熊次郎は手綱を引いて急な山道を歩いた。

「疲れたじゃろう。その辺りでちょっくら休もうかい」

キヨは時折、馬上から声をかけてくる。

「いや、おれは少しも疲れておらんが、おっかさんが疲れたなら休もうかい。尻が痛かろう」

「いんや、わしの尻はなんともない」

二人はもう実の親子のようになって互いを労わっている。

「ならば、急ごうかい。雨が降りそうやから、夜になる前に帰ろう」

熊次郎はそう言って空を見上げると、山をかすめて湧いている白雲がしだいに灰色を帯びてきた。その雲から連想したのか、熊次郎は前から気になっていたことをキヨに尋ねた。

「おっかさん、鯨は大日如来じゃと言うけど、どうしてそう思うんじゃ」

「あっはは。わしもようわからんけどな。大日如来という仏さまはな、阿弥陀さんや観音さんの生みの親なんじゃと聞いたぞ。この天地のすべてを生み出したのが大日如来ということや。鯨は百年どころか千年も万年も生きるというぞ。そんな尊い生き物をつくられたのも大日如来さまなのじゃ」

「ふーん。そんならおっかさんはなんで大日如来をおがまんと、ナムアミダブツと阿弥陀さんをおがむんや」

「ナムアミダブツと唱えたら大日さんも聞いておるけん、それでよいと、えらい坊さんが言うとった」

熊次郎にキヨの話は納得できる答えではなかったが、それでいいのだと思った。とにかくキヨが、なんでもかんでも、生きとし生けるものを拝むのは、良い事なのだと。ただ、漁師になっている熊次郎としては、否が応でも殺生せざるを得ない。マグロやイカやその他の魚を獲っていくと喜ぶキヨなのに、千年も生きる鯨は大日如来だから殺してはいかんという理屈はどうしてもわからない。

青岸渡寺の境内から東のほうにのぞむ那智の滝が、いつもよりも激しく水しぶきをあげていた。キヨが本堂で念仏をとなえだしたら半刻以上はかかるので、熊次郎は境内に出て、何気なく那智の滝つぼを見下ろしていた。ふと目をこらすと、滝つぼで滝に打たれる人の姿が小さく見えた。これまでも滝行の行者を一度見たことがあったが、心経を一巻、長くて三巻唱える程度で滝から離れていた。だが、そのときは行者がいっこうに滝つぼから上がってこなかった。境内に立っているだけで、山の風は冷たく体を竦ませるほどなのに、あの行者はいつまで滝に打たれるつもりなのか。

キヨが本堂から出てきたとき、熊次郎は滝つぼの方を指さして言った。

「母者、あの行者はもう一刻近く滝に打たれているけど、寒さは感じんのかな」

「どれどれ、おっ。ひょっとしたらあの行者さんは近頃噂の、文覚というお上人さまじゃ」

「もんがく上人？」

「そうじゃ、きっとそうじゃよ。雪が降るさなかでも滝に打たれ、三日目かに気を失のうて村人に助けられたそうじゃ。ところが息を吹き返した後、この命はもとより仏に預けておる、死ぬなら死ぬがいいと、また滝つぼに入ったという。なんとも恐ろしげ話じゃが、ありがたいお上人じゃこと。ナムアミダブツ、ナムアミダブツ……」

キヨは滝つぼに向かって手を合わせ、念仏を繰り返した。


さて、ここで話は少し横にそれるが、ここで改めて文覚上人のことに触れておこう。

神護寺を再興した情熱の男であり、上覚の師であるとともに、明恵上人にも深くかかわった文覚は、頼朝に挙兵を促したりする一方で、維盛の息子六代の助命嘆願をしたという。とにかく、こうと思い決めたら猪突猛進するようだが、世捨て人の予とは正反対の性格なのか、この男の心の綾というものがどうもわからない。そこで、都で人に聞いた人々の話を合わせてここに記しておく。

文覚は俗名を遠藤盛遠といい、保延五年の生まれというから、予より十六ほど年下になる。遠藤氏は渡辺党の遠藤氏とも呼ばれ、摂津の渡辺に本拠を置いた嵯峨天皇の子の源融源の子孫・渡辺氏とともに渡辺党を構成する一族であった。渡辺党は保元の乱、以仁王事件のときには摂津を本拠にした清和源氏源三位頼政の随兵として活躍した。

遠藤氏の始祖は藤原忠文といい、朱雀天皇の御代に平将門追肘使となり、その恩賞として「大遠藤」の称号を贈られたそうな。忠文は追討師として坂東に下向した折、遠江で子息の公時を儲けた。その公時はのちに遠江守に任ぜられたが、忠文は勲功が認められない不満から宇治の里に籠居したという。

公時の子息のときに遠藤氏は宇治から渡辺に移住し、はじめて渡辺の惣官職（御厨、御園などの供御人を統轄する職）に補せられたという。

渡辺津には水運や漁業を生業とする者が多い。渡辺の惣官は供御料としての水産物の調達、搬送をはじめ、渡辺津に集散する船舶の通行、物資の流通などを管理、統轄する幅広い権限を握っていた。遠藤為方は渡辺党の中にあって、そうした強い権職に補せられた最初の人であった。

この遠藤氏の出という遠藤盛遠（文覚）は、清涼殿東庭の陣所に詰める禁中警護をする滝口の武士であったそうな。また盛遠は、上西門院（鳥羽院と待賢門院との間に生まれた統子内親王）の警護（武者所）の武士として仕えたとも言われている。いずれにしろ文覚は武士のときに、藤原氏や源氏がそうであったように、栄華をきわめた平家一門に対する不満を抱えておったに違いない。

盛遠がいつどんな動機で出家したのか。風聞によると、十八歳のときに人妻に横恋慕したことが事件となったのがきっかけだという。激情家の文覚ならありそうな話であるが、確かなことはわからない。

文覚は、空海上人が嵯峨天皇より下賜《かし》された神護寺の再興に情熱を燃やしたことからして真言僧であることは確かなことだが、どこで誰に得度を受けて出家したのかは記録が残っていない。おそらく僧綱制《そうごうせい》に基づく正式な僧侶の資格はない私度僧であったのだろうが、文覚にとっては篤い信仰あるのみで、私度僧であろうと何であろうとかまわない。こうと思ったら自分の信念で突き進む男であるからだ。

民衆にも広く知られている文覚の荒行は、そういう信念から来ているようだ。文覚は、熊野三山で断食行をした二十五歳のとき、雪が降る真冬に五穀を断ち、裸足で熊野に赴き、那智の滝のもとで七日間断食したあと滝に打たれた。髭から氷柱がさがり、ついに息もつまって滝つぼの中に倒れてしまった。

その様子を一部始終見ていた青岸渡寺の坊守が、急いで人を呼んで滝つぼに下り、助け出した。人々は凍え死にそうな文覚の体をさすって温め、ようやく息を吹き返した。のちに文覚が語るところによれば、不動尊の二人の使者（こんがらどうじ　さいたかどうじ）が着水寸前に受けとめてくれたので、かろうじて生き返ったということになっている。

文覚はこれにも懲りず、荒行をつづけたようである。熊野の村人をはじめ熊次郎とキヨが見たというのも、そのときの文覚だったのだろう。

熊野には、後に熊次郎もしたそういう伝統的風土があるだけに、「飛ぶ鳥も祈り落す程のやいばの験者」と、地元民でさえ尊崇と驚異の眼差しで文覚を見て、伝説となったのだろう。そういう文覚の生き様に、熊次郎もあこがれたのかもしれない。

ところで西行は、高野山にいた頃、文覚と出会っていたらしく、『山家集』にこんな歌を残している。

あらたなる熊野まうでのしるしをば氷の垢離に得べきなりけり

西行においては歌を詠むことが日々の修行でもあったから、肉体を痛めつける荒行には何ら関心もなかったにちがいないが、それでも文覚の真摯な修行には感銘を受けたにちがいない。西行もかつては佐藤兵衛尉義清といい、徳大寺家という貴族に仕え、「重大の勇士」と名を轟かせるほど武勇にすぐれた名門の武士であった。二人の出家の動機がどうあれ、武士としての矜持《きょうじ》があり、自己の信ずる道をゆく誇り高い男であったという点で共通するものがある。予は武門の出ではないし、信仰心もあやふやなものだが、詩歌管絃への思いという点においてはいささか自負しているつもりだ。

予は『発心集』の中に、琵琶の上手と言われた大弐源資道《すけみち》のことを記している。この男は毎日持仏堂に入っても祈ることはしないで、ただ琵琶の曲をひいて廻向していた。西行は歌うことが祈りであったように、資道は琵琶を奏でることが祈りだった。名利を脱して俗心を捨て風雅に心を遊ばせる、いわゆる数寄者《すきもの》だ。

「中にも数奇と云ふは、人の交をこのまず、身のしづめるをも愁へず、花のさきちるを哀み、月の出入を思ふに付けて常に心をすまして、世の濁にしまぬを事とすれば、おのづから生滅のことわりも顕れ、名利の余執つきぬべし。これ出離解脱の門出に侍るべし」

『発心集』にはこのように記したが、口で念仏を唱えなくとも、阿弥陀仏は清らかな琵琶の音色を聴いて、極楽へ導いてくれるのではなかろうか。

数寄者の生き方についてはもっと言いたいことはある。しかし話が横道にそれるので、熊次郎の話に戻るとしよう。

キヨの清らかな信仰心に刺激を受けてきた熊次郎は、キヨから文覚上人のことを聞いてから、仏道修行というものにいっそう関心を深めていった。漁師として一生荒くれた生活をするのは自分の生き方ではないと思うようになり、「鯨は大日如来だ」というキヨの信仰の謎めいたことも知りたいと思った。しかし僧侶になるには学問がいるから、どうにかこうにかひらがなが読める程度の熊次郎には望みが高すぎた。

幸い熊野には、学問はなくとも山伏修行に熱心な先達が身近にもいて、熊次郎はほら貝を持って歩く山伏姿に何となく憧れの気持ちを抱くようになっていた。十四歳になった熊次郎は、そういう自分の思いを率直に佐治吉とキヨに打ち明けると、それなら船大工の喜代治がよかろうと、さっそく熊次郎を彼のもとに連れて行った。修験修行二十五年、四十二歳になるという喜代治は、小柄だがいかにも修行で鍛えたらしく筋肉質で、船大工職人の指は節くれだっている。目つきは鋭いが、野太い声には温かみがあった。熊次郎を一目みるなり喜代治は言った。

「おお、立派な体をしておるな。おまんのことは佐治吉はんから聞いておったし、遠目には見ておったが、こうしてみるとでっかいのう。これなら山伏の修行に耐えられるじゃろう。体だけは死んだ熊太ゆずりのようじゃが、顔のほうはおかん似かな。実はな、わしは昔、おまえのおかんに惚れておったのじゃが、いつの間にか熊太にとられてしもうたのじゃ。うあっはは」

熊次郎は恥ずかし気にうつむいたが、これで山伏修行の願いが適ったと思い、飛び上がりたいほどだった。佐治吉は横目でちらりと熊次郎を見てから言った。

「喜代治さん、ついでにというたらなんじゃが、熊次郎は船大工のほうも教えてやってくれんか。おまんも手伝いができてよかろう」

「そらぁ、こっちも願ったりじゃ。近頃、漁船だけじゃなしに、熊野別当のほうから大型の軍船を作ってくれという話もあるけんな」

ということになり、熊次郎はその数日後から佐治吉の家から歩いても半刻もかからない喜代治の家に住み込んで働きながら、山伏修行にも行くようになった。キヨは熊次郎が家から出るのを寂しがっていたが、佐治吉のほうで人手がほしいというときは漁にも出るし、「これまでのように、母者と一緒にお参りに行く」という約束だったので、熊次郎自身のために新たな門出を喜んでくれた。

山伏修行のときは少なくとも七日間、山々を走り、崖の岩をのぼり、木々の実や草を食べ、雨風にうたれながら野山に臥せる。熊次郎は、最初の一年の間にげっそりと痩せほそり、キヨを驚かせた。しかし二年、三年と経ていくうちに熊次郎は痩せてはいるが野鹿のような敏捷さを身につけ、オオカミや熊と出会っても少しも恐れない腕力をも身につけた。雨の日に崖から足を滑らせて谷に落ち、半死の状態になったこともあったが、本来の生命力とキヨの祈りにも助けられて生き返った。

そして七年目になった二十一歳のとき、大峯山を百日間毎日歩きまわる「大峯百日回峰行」も一度すませ、山伏として一人前であることが認められる伝法灌頂《かんじょう》を受けることとなった。二日や三日の断食は何度もおこなってきたが、伝法灌頂を受けるときには、その前後に長期（三七日間）の断食行をする。熊次郎はそれも難なくこなし、お経を唱えれば太くて強い声を朗々と谷に響かせ、ほら貝を吹かせれば、三つの山をこえるほどと言われ、それらのすべてにおいて山伏先達として周囲に認められることとなった。その間、船大工としての腕もめきめき上達し、喜代治の指導がなくても一人で設計から完成までこなせるようになった。

喜代治の一人娘で十六になるサキを娶《めと》ったのは、熊次郎二十三のときだった。喜代治の妻のヨシに似て、なかなかの美人だった。熊野には日焼けて色の黒い少女が多いが、サキは肌が透き通るように白かった。その白い肌に、熊次郎は男としての欲望を無意識のうちに感じなかったわけではない。しかし熊次郎は山伏修行や大工修行、漁師としての働きやキヨとの参拝などで、小さな少女にすぎないサキのことが目に入らなかった。それが七年の間、いつの間に、大人の女になっていたことが、熊次郎には新鮮な驚きだった。サキはひそかに熊次郎に恋をしていたから、村の若い漁師たちの夜這いによって操を失うことを恐れ、避けていた。そんなこともつゆ知らない熊次郎は、いつの間にか大人に変身していたサキに向かって、「まるで弁天様のようだ」と、結婚の初夜に打ち明けた。弁財天は、多くの神仏とともに山伏がおがむ仏さまであった。

山伏となり船大工としても一人前として成長し、サキとの間に息子の一朗太が生まれた。

一朗太は二歳をすぎても言葉を発せず、熊次郎もサキも途方にくれる思いだったが、近くで見守っている義母のキヨは笑いながら言った。

「だいじょうぶや。このわしが阿弥陀さんを拝んでおるよってに、もうすぐしゃべるようになる。何も心配いらん」

キヨは歩いても二刻ほどの補陀洛山寺には毎日のようにお参りし、那智山の青岸渡寺にも相変わらず熊次郎に連れられ年に何度か参っていた。そんなある日のこと、

「よろこべ、阿弥陀さんのお告げがあったじゃ。もうすぐ一朗太はしゃべるようになるとな」と、補陀洛山寺から帰ったキヨはそのままサキの家まで足を伸ばして言った。

「ほんまですか」サキは涙ぐんで一朗太を抱きしめた。

それから数日後のことだった。朝目覚めて一朗太が口をとがらせ、サキの顔をじっと見つめながら、言葉を発した。

「くく……じら。だ、だ、だい、いち、にち、だい、にち……」

音が切れ切れに出ただけで、言葉にはなっていなかった。しかしサキは飛び上がるほど驚いて、キヨを呼びに家まで走った。

「キヨおばさん、一朗太が、一朗太が……」

「しゃべったか、仏さまは嘘をつかん。ナムアミダブツ」とキヨは笑顔をみせて言った。

日が昇る前から納期を急がされていた造船の仕事に出ていた喜代治と熊次郎が帰ると、息子の一朗太は二人を前にして朝から繰り返していた音を出した。

「くく……じら。だ、だ、だい、いち、にち、だい、にち……」

「なんと、鯨、大日と言っているじゃないか。おかはんが一朗太に教えたんか」

熊次郎がそばにいたキヨに問うと、

「いんや、何も教えとらんけどな」

キヨは不思議そうに首をかしげていたが、サキが水場から手を拭きながら部屋に入ると言った。

「近頃毎晩、おとうはんと旦那はんが鯨の話をしておった。鯨獲りの舟を頼まれているけど、鯨は大日如来だから造るのは断ろうって。一朗太はそばで聞いておったんやわ。きっとそうや」

「そうかもしれん。いずれにしろ、まだ言葉にはなっておらんが、これからしゃべるようになる。めでたい。よし、今夜は孫のためにも酒を飲んで祝うとしよう。サキ、酒と肴をたのむ」

喜代治がそう言って弾けるように笑うと、みなもつられてにぎやかに笑った。

鯨漁は、熊太が死んでからしばらくなかったが、やはり鯨は太地の漁民にとって海からの恵みだった。恵みである以上、獲らなくては損だというばかり、鯨漁は再びさかんになったのだった。村ではいちばん腕のよい佐治吉の元に、鯨の尾鰭に打たれても破壊されない頑丈で大きな舟を作ってくれと、漁民たちの相談が相次いだ。しかし喜代治は、いくら金を積まれても鯨漁のための大型船は造らんと断ったのだった。いま熊次郎と一緒に造っている船は、九州方面の豪族から注文を受けた軍船ともなる大きな海賊船だった。

一朗太の下には一つ違いの妹カナが生まれたが、カナは一歳になる前にはしゃべるようになっていた。一朗太の口から出る音はしだいに言葉になっていったが、六歳をすぎてからも単語が切れ切れになる吃音は治らなかった。そのせいもあってか村の子供たちにからかわれ、時には泣いて帰ることもあった。熊次郎とサキが隣近所の親しい村人から聞いたところによると、鯨漁に熱心な漁師の家の子らの何人かが中心になって一朗太をいじめているらしい。熊次郎は、子供のころは残虐ともいえる熊太を父にもったことを恥じていたが、修験道の行を重ねるうちに、そんな父親にも供養する気持ちになっていった。それがどうだ、熊太の孫にもあたる一朗太に、鯨漁で死んだ漁師の怨念でも憑いたのか。それとも、鯨漁の大型船を造らないと断ったことに対する憎しみが、一朗太に向けられているのかもしれん。いずれにしろ熊太の家系の宿命といったものから逃れられないのかと思った熊次郎は、いっそう修験道の行に励むようになった。

修験道には真言密教にある秘法が伝えられている。人差し指と中指を手刀のように重ねて空間に九字を切る護身法もその一つと教えられたが、それは自分の身を護る観念の法である。頭に描く観念ではあるけれど、それを強めれば「信念」となり力が湧いてくる。ナムアミダブツを一心に唱えれば極楽浄土に往けるというのも、熊次郎に言わせれば、護身法と同じなのだ。しかし自分以外の弱い者を護りぬくには、いくら強い観念があっても守り切れないのではないか。人型の藁人形を木に釘で打ち付けて、呪い殺すということもよくある話だと聞いたことがあるが、その呪いを破る秘法はないのか。

ある晩、熊次郎は山伏の先達でもある義父の喜代治に、修験道の護身法に怨念や憎しみを払う秘法はないかと尋ねてみた。

喜代治は、熊次郎が一朗太のことで思い悩んでいることを知っていたが、意外なことを言った。

「わしも若いころ、同じことを先達に聞いたことがあったな。その秘法は、あるにはある、と師匠は言った」

「あるにはある、と」

熊次郎が思わず身を乗り出すと、喜代治は言った。

「しかし、その秘法は使ってはいかん、ということじゃった」

「はぁ……。なぜ」

「修験道の仏さまに不動明王があるが、この仏は密教からきているのは知っているな。不動明王は憤怒のお姿だが、その裏には深い慈悲の心が隠されておる。親が子を叱るときにも慈悲がなくては子はまともに育たんのと同じことじゃ。実は、密教には不動明王よりもっと恐ろしい形相をした大元帥明王《だいげんすいみょうおう》という仏がいるのじゃ。わしは一度だけその絵図をみたことがあるが、体には毒蛇が巻き付き、髑髏《どくろ》が頭の上にあって、それはそれは地獄の閻魔どころではない形相じゃった。この仏を祈りこむと、相手の怨念や憎しみを焼き殺すばかりでなく、命を奪うことができるというのじゃよ。しかしこの仏の力を我が事の欲望に使うと、結局はその者が狂い死んでしまうということじゃ。秘仏中の秘仏といわれるのはそのためじゃ。人間の観念の力、信仰というものは使い方を間違えば、自らを滅ぼすと。大元帥明王はそのことを言わんがために現れた密教の教えなのじゃろうな」

「うーむ、なるほど、よくわかりました」

熊次郎は腹の底から喜代治の話に感銘をうけた。そして義母のキヨが「一朗太は、大日如来の申し子じゃよ。何も案じることはない」としょっちゅう言っていたことも腑に落ちた。

熊次郎は、大日如来の申し子である一朗太を、八歳になる少し前から、修験道の修行に連れていくことにした。一朗太は喜んでついてきたし、ことのほか喜んだのはほら貝を吹くことだった。

ほら貝は、山々で連絡を取り合う道具というだけでなく、神仏にささげる祈りの音曲でもある。ただ音を大きく出せばよいというものではなく、音の高低や長さによって意思を伝え、祈りの音曲にもなる。大人でも肺活量がないと息が続かず、一定の音や音量を出すのが難しい。唇の当て方やすぼめ方で音の高低を変化させるので、まだ子供の一朗太には難しかろうと見られた。実際、一朗太が見よう見まねで初めてほら貝を口に当て音を出そうとしたとき、息がもれる音だけであった。ところが、顔を赤らめて三度、四度と吹いているうちに、突然、透き通った高い音が出た。周りで見ていた山伏たちは「おお」と歓声をあげた。そのときは息が続かず、短い音だったが、それからも一朗太は夢中で吹き続けた。そして吹き始めて十日も過ぎたころには、年季の入った山伏さえも驚かすほどの技量を身につけていたのだった。

だが、一朗太にとって、吹く技量というのは当たらないかもしれない。吃音でうまく自分を表現できない一朗太にとって、ほら貝を吹くことは、もやもやした自分の思いを浄化してくれるものなのかもしれなかった。そのせいか、一朗太の吹くほら貝の音色は、その高い音にも低い音にも、悲しげでありながら清涼な響きがあり、聞く者の情感に訴えるものがあった。

「あの音色を聴けば、どんな仏さままでも涙して喜ぶじゃろうに」

熊次郎の山伏仲間の誰もが口をそろえて一朗太のほら貝を称賛した。

「奇跡のようじゃ。ナムアミダブツ、ナムアミダブツ……」

キヨがそう言って喜んだのは、ほら貝の上達とともに一朗太の吃音はいつの間にか治っていたからである。熊次郎が、小松殿重盛に出会うことになったのも、一朗太のほら貝が起こした奇跡かもしれなかった。

山伏修行に行くようになってから三年ほど後、痩せほそっていた一朗太は熊次郎に似て、急に背丈が伸びて骨太の筋肉質な体つきになった。まだ十一歳だったが二、三年上の近所の子らより背丈は大きい。一朗太はそのころから、佐治吉が近海での漁に出るときには時折一緒に海へ出るようになった。そのときも肌身離さず身に着けているほら貝を持っていて、舳先に座って吹いたりした。

「おまえのほら貝を聞くと気持ちがいいのう。魚もうれしがって寄ってくるようじゃ」

佐治吉は目を細めて褒め、一朗太に吹くことを促したりした。

小魚をとる近海での漁は佐治吉一人で出たが、初春のある日、二、三里先のマグロ漁の漁場に向かっていた。マグロ漁は人手が要るため、漁師仲間の末吉と十四歳になるという末吉の息子の三次を乗せて漁場に向かった。一朗太はいつものように舳先に座り、末吉親子は舟の中央で櫂をこいでいた。佐治吉は船尾で魯を操りながら言った。

「一朗太よ、天下一品のほら貝の音色を、この二人にも聞かせてやってくれ」

舳先でぼんやり海を眺めていた一朗太は、後ろを振り返ると嬉しそうに笑った。そして大事そうに懐にしまい込んだほら貝を取り出して吹き始めた。

プオー、プオー、ブフォー、ブフォー、キュー、キュー、プオー

青空のように澄みきった音色、深海のように紺青の音色、もの哀れな念仏のような音色、勇ましい武者が名乗るときのような音色、嵐のように激しい音色。かと思えば、小鳥がさえずるような音色、小雨が降るような音色、……、それらがない混ざって音曲を奏でている、しかもどこで息遣いをしているのかと思われるほど、途切れなく続くのだった。

「おぉ、山伏のほら貝はしょっちゅう聞いておるが、今まで聞いたこともない音色じゃな」

末吉はそう言って、櫂を漕ぐ手をとめて聞きほれていた。

「そうじゃろ。だれに教えてもらったというのじゃなし、いつの間にか、こんな……」

佐治吉が続きを言いかけたとき、三次が大声で叫んだ。

「鯨じゃあ！」

三次が指さしている南方の半里もない沖に、鯨が潮柱をあげていた。

「ウオー、でかいぞ。三十尺以上はありそうじゃ。あっ、子鯨もおる。こっちに向かってきたらやられるぞ。佐治吉さん、早う逃げよう」

末吉が体を半身に起こして叫んだ。

「末吉、あわてんな。だいじょうぶや。あの鯨は襲わん。一朗太のほら貝を聞いて、遊びにき

ただけじゃ」

「遊びに来たと?」

「そうじゃ。挨拶にきたんじゃよ」

佐治吉がそう言っているうちに、鯨の親子が反転して舟に近づいてきた。一朗太はまだほら貝を吹き続けていたが、怯えきった末吉と三次は中腰のまま舷側に固まっていた。

鯨は舟から五、六町(五、六百メートル)ほど接近したところで、尾鰭を海面にたたきつけると、半身をひねりながら浮き上がり、水しぶきを上げて海面に潜っていく。続いて子鯨がそれをまねて、小さな水しぶきをあげた。親鯨が海面を打った振動は波となって舟に伝わってきて、末吉と三次は舟底にしゃがみこんだ。

「だいじょうぶや、襲うことはないから安心しろ。わしも最初は驚いたが、これで三回目や」

佐治吉は船尾に立ったままそう言って笑っている。

キューン、キューン、キュルルー、キュルルー
一朗太は舳先に立ち上がってほら貝を吹いていたが、いままでとは違った音色だった。外気より水の中でのほうが音の伝わるのは速い。漁師は経験的にそのことを知っている。だが鯨が、何千里という距離を隔てても仲間と交信しているとは想像もつかないことであった。第一、鯨の種類がどれほどいるのか、どこで生まれ育っているのかなど、漁師らは何も知らない。

しかし佐治吉は、一朗太はそのことを知って、鯨の啼く声をまねしているように思える。そう考えないことには、なぜ鯨が寄ってくるのか理解できないのだった。

一朗太がほら貝を吹いてから間もなく、いったん消えた鯨親子は海面から銀灰色の背中の一部を現し、わずか五尺ほどのところで舟と並んでゆったり泳いでいる。まるで一朗太に合図するかのように太くて長い鳴き声を発したあと、潮柱を吹き上げた。

「ほら、みろ。何も怖がることない。あの鯨親子は、一朗太に会いに来ただけじゃ」

「会いにきた、とな」と末吉は、ようやく落ち着いたらしい声で言った。

「そうじゃ、会いに来てな。一言あいさつして、もうすぐ帰るわ」

佐治吉が言ったように、鯨親子はまもなく舟から離れていくと、二町ほど先のあたりで尾鰭を打ち、半身を躍らせて海に潜っていった。そこで一朗太は座ってほら貝を懐にしまい、鯨の行く手をじっと目で追っていた。

その後、佐治吉の舟は、マグロ漁の漁場で二刻ほど漁をして大小数十匹の漁獲を得たあと夕暮れ前に寄港した。途中、佐治吉は、末吉親子にこう言った。

「今日のことは漁師仲間に話さんでくれ。別に秘密というわけじゃないが、鯨漁をする漁師が一朗太を利用しようとするかも知れんでな。いや、その恐れは十分ある。だから今日のことは決して話さんでくれ。おれからの頼みじゃ」

そう言って釘を刺してから、なぜ一朗太のほら貝が鯨親子を呼びよせたのかということを話した。

あれはちょうど一年ほど前のことだった。

一朗太は、毎朝起きると家の裏山にのぼって、海上すれすれに昇りだした朝日に向かってほら貝を吹くようになった。その日も、ほら貝を懐にしまって山を下りようとして、崖下の海を覗くと、何やら大きな物体が動いている。目を凝らしてよく見ると、鯨の子供のようだった。上げ潮のとき岩場のうちに入って、引き潮になってから外洋に出られなくなったのだと思った。一朗太はあわてて山の坂道を走り、息せききって、佐治吉の家に飛び込んだ。

「佐治吉さん、たいへんや。鯨の子が岩場に入って出られなくなっとる。一緒に来て助けてやって」

「おお、よしよし。浜の漁師に見つかったら殺されてしまう。すぐ行こう」

佐治吉は太くて長い棒を二本手にして、一朗太の案内する岩場まで走った。息を切らして現場につくと、幸い誰にも見つかっていなかった。

鯨の子は浅瀬に体を半分乗り上げて気を失いかけていた。背中には岩でこすられた傷が二、三か所あり、そこから血を流している。

「この大きな岩をのけたら、海水が入る。一朗太、手を貸せ」

佐治吉はそう言って、長いのと短い棒を十字にして梃の原理で少しずつ岩を持ち上げていった。海水が徐々に入ってくると、子鯨の体全体を浸すようになり、息を吹き返したようだった。子鯨といっても、十五尺ほどあった。おそらく熊次郎より重いだろうと、一朗太はとっさに思った。

「もうすぐや、がんばれ」

一朗太は泣きそうな声で子鯨を励ましている。

大きな岩が動き、その横の左右の岩を取り除くと、子鯨がすり抜けられるだけの隙間ができた。

「一朗太、わしは頭の方をもつから、尾鰭の下あたりをそっと持ってくれ」

佐治吉の言う通りにすると、海水に浮いた子鯨は意外に軽かった。頭の方を外洋に向けて、佐治吉がそっと背中を押してやると、岩場の隙間をゆったりと泳いで外洋へ出ていった。一朗太は子鯨を見送ると、

「ああ、よかった。佐治吉さん、ありがとう」と言って涙ぐんだ。

「漁師の孫のくせに、おかしな子や」

佐治吉はそう言うと腹をかかえて笑い出した。

鯨の親子が、佐治吉と一朗太が乗った舟の前に現れたのは、それから十日ほど後のことである。佐治吉は鯨漁には誘われても行かなくなっていたが、それでも一瞬、本能的に色めきだっ

た。

「あっ、この間の子鯨だよ」

一朗太が嬉しそうに言った。子鯨の横には母鯨が並んで泳いでいた。

「ほんとや。背中の傷を見たらそうやな。どうやら、子を助けてもらった礼にきたんじゃろう。鯨の母親は子煩悩というからな。きっとそうにちがいない」と佐治吉は言って目を細めた。

一朗太はそのとき、ほら貝を持っていなかったが、腰にはほら貝の三分の一ほど小さな貝笛をぶら下げていた。一朗太は試しにと、その貝笛を吹いてみた。吹き方はほら貝を同じだが、かなりの高音が出た。すると、その音に反応したように、鯨親子は体をゆったりと直角方向へと反転させて舟から離れて行った。そして尾鰭を持ち上げて海面を打つと、まるで「さよなら」でもするように、大きく半身を踊らせて水しぶきを上げ、海面からみえなくなった。

佐治吉はマグロ漁の寄港途中、そんな話を末吉と三次に聞かせたのだった。二人とも半信半疑のような顔つきだったが、目の前で実際見たことを合わせて考えれば、納得せざるを得ないようだった。

「わかったよ。鯨の母親は子煩悩というのは、わしも親から聞かされておった。熊太が死んだんも、母鯨の復讐にあったんやからな。それやのに、いまだに鯨漁は止められん。漁師の業や。わしもその一人やけど、今日のことは誰にも言わん。三次、おまえもだ。わかったな」

末吉がそう言うと、三次はにやっと笑って答えた。

「もちろんじゃよ、おやじ。わしは死んでも言わん」

こうして一朗太の特異な能力の秘密は守られたかにみえたが、いつの間にか話は大きく膨らんで佐治吉の耳に入ってきた。一朗太がほら貝を吹くと鯨が何頭も寄ってきて、一朗太は鯨の背に乗ったまま海底にもぐったりする、といった話である。しかしそんな話が狭い漁村の中で広がっていっても、一朗太のほら貝を鯨漁に利用しようという漁師は現れなかった。いまや熊次郎の実力と人望は、山伏の世界でも船大工の間でもゆるぎなく、息子の一朗太を利用するなどということは考えにくいことだったからだ。

そんな熊次郎の元へ、重盛の使者だと名乗る湯浅宗孝こと、のちの慈空が訪れたのは、治承元年（一一七八）の春のことであった。

「昨日の朝、重盛公は絶妙なるほら貝の音色をお聞きになり、だれが吹いているのか調べて、その者を連れてまいれとのお達しでござった。そのほら貝を吹いているのは、一朗太という名で、そなたの息子であると聞いて参った。前《さき》の左大臣であらせられる平重盛公は今、子息の維盛公をはじめ一門の侍百人ほどと熊野大社にご参拝じゃ。ぜひとも重盛公の御手前で、一朗太とやらのほら貝を聞かせてやってほしい。おお、そうじゃ。子息の維盛公はまだお若いが、横笛の名手での。維盛公もいたく興味をもたれておった」

慈空はこのとき、「前の左大臣」と言っていたが、重盛は自らの死期を悟って左大臣を辞し、熊野詣に来ていたのだった。

翌日、山伏姿になった熊次郎と一朗太は熊野大社に赴き、重盛にご挨拶すると間もなく、一朗太は本殿の中庭に立ってほら貝を吹いた。重盛は、ほら貝の音色に心底打たれ様子で目を閉じ、並み居る家臣たちや神官も頭を垂れてじっと耳を澄ましていた。その後、宴席で対面した熊次郎の人間的器の大きさにも重盛は感じ入ったようだった。それは維盛にしても同様だったようで、熊次郎に軍船のことをいろいろ尋ねたり、初めて熊野詣に連れてきたという子息の六代を一朗太に引き合わせていた。一朗太は、殿上人の子息とどう対応してよいのかと戸惑っていたが、六代のほうは維盛の性格を受け継いだのか、いかにも率直な子どもらしく、一朗太と出会った時から友のような接し方であった。

「一朗太、ゆうべおまえのために書いた。これをあげるから学ぶがよい」

そう言って差し出したのは、「いろは文字」をひらがなで書いたものだった。一朗太は、ずいぶん年下の子供に言われ、自尊心を傷つけられたような表情を一瞬見せたが、文字が読み書きできるようになりたいと前から思っていた。

二人のやり取りをそばで見ていた熊次郎は微笑しながら言った。

「ありがたき幸せにございます。一朗太は前々から文字を読み書きできるようになりたいと言っておりましたゆえ。そうじゃな、一朗太」

「そうか、それはよかった、わからぬことは何でも、このわしに聞くがよい」

六代はそう言って、一朗太の肩をポンとたたいた。


こうして慈空は、熊次郎と出会ったわけだが、まさか何年か後に、維盛の屋島脱出のさい、真っ先に相談をかける相手になるなどとは想像もつかない。それは維盛にとっても同じことであったが、重盛はこの熊野詣の翌年九月に息を引き取った。享年四十二歳の若さだった。

その翌年、承和四年（一一八〇）、平家の将来が嘱望されていた重盛の死を待っていたかのように、源頼朝が挙兵した。

阿留辺幾夜宇和《あるべきようわ》

梅がほころぶ季節に法楽寺に来てから二ヵ月余りが過ぎた。いつしか桜は散り、境内に五、六本ある楠の木がみずみずしい若葉を茂らせている。

京の山奥の貧しい我が庵の暮らしに比べれば飯の心配がないだけでも極楽のような暮らしである。朝夕は住み込みの若い三人の僧侶らの勤行につきあって共に念仏を唱え、昼間は近辺をぶらりと散策に出かけるのも楽しみになっている。

熊野街道沿いから少し東にある法楽寺から住吉大社までは二里も離れていない。足腰がだいぶ弱ってきているが平坦な土地なので歩きやすく、田園風景や森や牧場が点在するのどかな風景を眺めながら美しい白砂青松の海辺にある住吉大社で参拝して帰る。大社からは霞たなびく向こうに淡路や四国の島影が望まれ、数隻の漁舟が漁をしている様子などを見るにつけても、源平の争いが収まり平穏な世になったことのありがたさをつくづくと感じ入る。

法楽寺の執事役の慈空は、高野山に上ったり、摂津の太融寺から京や関東方面にも足を伸ばしているらしい。何をもってそれほど忙しく出歩くのかわからないが、由緒ある寺々から勧進の協力を頼まれることがよくあるというし、公家衆だけでなく庶民からも出家の相談を受けることが多いと、あるとき自ら語っていた。そういえば、夜盗の一味だった浮浪児の石堂丸や権左を拾い育てたのも慈空であると熊次郎が言っていた。とにかく、慈空は人に頼られると断りきれない性格らしい。面倒なことが嫌いな予にはそれがいちばん欠けている点だと思う。

それほど忙しい慈空だが、法楽寺に滞在するときは瞑想や念仏に静かな時を過ごし、書に向き合ったりしていた。こうした平穏な日々の合間合間に、これまで聞いた話をまとめて執筆していると、我が著書の『無名抄』にも新たに書き加えたくなることや、朱を入れる必要のある箇所も見つかった。予が見てきた世間というものがいかに狭いものであったか、そしてまた、人が世を見る見方というのはいかに千差万別であるかということを、この年になって痛感させられる。

慈空の頼みを気安く引き受けたものの、人さまざまな思いを「物語」としてまとめる作業は、『無名抄』を書くようには簡単なことではなかった。いろいろと思いをめぐらしながら予が部屋で執筆していた、ある日の朝方、高野山から昨夜遅く下ってきたという慈空がひょっこり顔を出し言った。

「長明殿、執筆のほうはすすんでおりますかな。よい知らせを持ってきましたぞ。そなたは前々から鯨を一度見てみたいと言われていましたが、その機会が訪れました」

「なに、ほんとうでござるか。それはまことにうれしいことじゃ」

予は返事をしながら子どものように胸が高鳴っていた。

「明日の昼過ぎ、熊次郎が弁天丸に乗って住吉近くの湾に投錨して、宗親どのこと高野聖の智海を伴って法楽寺に参ります。それから三日後の夕刻までには熊野から維清こと慈覚が来ます。智海、慈覚、熊次郎、そして、このわしの四人がそろってから、信仰とは、念仏とは何かといったこと、それぞれの思いについて話を聞いていただきたく思います。それは五日後としますので、その前に、熊次郎の舟で鯨見物とまいりましょう」

壇ノ浦合戦の後、維盛と共に熊野を去っていった熊次郎が、およそ十三年ぶりに帰ってきたのだと慈空は言った。熊野に帰ったのは三カ月ほど前のことで、熊野別当湛増との因縁の対決は湛増の死去で終止符が打たれ、熊野水軍の惣領として以前に倍する勢力をもつようになっていた。熊次郎が熊野に戻ってから聞いた話によると、湛増は、壇ノ浦の戦いで源氏に加勢した恩賞を期待して鎌倉に上ったが、頼朝には思いのほか冷たくあしらわれ、寂しい晩年であったという。

「鯨と出会えるかどうかは保証のかぎりではござりませぬが、この時期は紀州湾の周辺に鯨やイルカが来ることも珍しくないと熊次郎は申しておりました。鯨がだめでもイルカはかならず見ることができるそうです」

「イルカとな?」

「はい、イルカも鯨の仲間の一種だそうです」

「ほう、親類か」

「まあ、そのようなものでしょう。鯨よりだいぶ小さいですが、イルカを見たら鯨を想像できるでありましょう」

「一朗太が乗ったというイルカを見るのもよいな。とにかく楽しみじゃ」

このようなわけで予は、熊次郎の舟に乗って鯨もイルカもこの目で見ることが適ったのだが、そのときの感動は筆舌に尽くしがたい。であるから舌足らずの予の感想や思いよりも、みなが語った物語のなかで鯨の何たるかを知ってもらえたらよかろう。

この章では、慈空をはじめ慈覚、智海、熊次郎を交えた四人の話を「念仏問答」としてまとめておこう。

慈空はしばらく世間話をすると、壇ノ浦から帰還した建礼門院の近況について語ってから、建礼門院が明恵上人に受戒したときのいきさつを話しはじめた。

「わしが摂津の太融寺に滞在しているとき、建礼門院さまの女房が使いに来られました。建礼門院さまが明恵上人のもとで得度されたいと願っておられる。ついては、明恵上人を今の住まいにお招きする仲介をわしにしてもらえないかということでありました。安徳天皇の国母であったとはいえ、いまはある貴人の館に身を隠すように秘かに暮らしておられるとのこと。平家一族の菩提を弔うために出家なさりたい由でありました。

明恵上人は神護寺に近い高山寺で坐禅瞑想にあけくれ、どれほど高貴なお方が訪ねても、面会されないという噂を聞いておりましたので、たとえ建礼門院さまの使いであってもお招きすることはできなかったそうです。そこで明恵上人とは遠縁にあたるわしであれば、ひょっとしたら願いが適うかもしれないというので、仲介のご依頼がきたのです。縁戚といっても、湯浅家の集まりの中で、わしは明恵上人とは一度しか会ったことがありません。そのとき明恵上人は出家したばかりの十二歳、わしとは二十歳の年が離れた子供でしたが、一目見た時から、この子は行く末かならず高僧になる器だと直感したことを覚えております。

そういうわけで、建礼門院さまからのご依頼はたいそう難しいことだと思いましたが、維盛さまの妹であると思えばお断りするするわけにもいかず、とにかく明恵上人とお会いしてみましょうということで高山寺に参りました。わしは一人で行くつもりでしたが、維盛さまが熊野で成した息子の維清を伴うことにしました。覚えておられるでしょうか。わしが長明殿の方丈をお訪ねしたときに伴っていた若者です。方丈をお訪ねする半年ほど前、維清はわしの元で得度し、僧名は慈覚と名乗らせました。その慈覚が『私もぜひ同道させてください。明恵上人のお顔を拝顔するだけでもありがたいことです』とあまりに熱心に言うので連れて行くことにした。結果的にそれがよかったのです。というのも、もしわしが一人で訪ねていたら、明恵上人をお招きすることが適わなかったかもしれないと思うからです。

噂どおり、建礼門院の使いである、とわしの名を告げても門前払いされました。しかし黙って引き返すわけにはいかないと、門前で座りこんだのです。季節は暑い夏も終わろうとすることでしたのでやぶ蚊に体中刺されながら一刻ほど坐禅しておりました。明恵上人は、どこでもかしこでも常に坐禅瞑想をされることで有名です。わしもこちらの熱意を示すためにも夜を徹する覚悟でいたところ、『どうぞ、中へお入りください。お上人のお許しがありました』と若い僧侶がくすくす笑いながらそう言うと、坐禅堂へと案内してくれたのでした」

明恵上人は早朝からの座禅瞑想と三七日（二十一日）の断食行が前日満願したばかりのときで、だいぶやつれた様子にみえた。しかし、さすがに厳しい修行三昧を送ってき高僧であることは間違いなく、細い小さな体から薄紫の光が発せられ、するどい眼光の奥には柔らかな慈悲の炎がもえていた。「同じ僧侶でありながら修行不足の自分が恥ずかしい」と、慈空はそのときの感動ぶりを話した。

慈空は伺候のあいさつもそこそこに、訪問の要件を端的に述べると、明恵上人はそっけなくこう言ったという。

「安徳天皇の母君で国母ともいうべき尊いお方のお招きともあれば、断るわけにもまいらぬと思われましょう。しかしたとえ国母であろうとも高山寺に参って御仏の前で受戒していただくのが仏道の本筋であります。先日も、位の高い公家の方が拙僧にご祈祷を頼みに参られましたが、私はお断り申したのです」

「それはまた、いかなる理由からでございましょうか」

　慈空は、少し膝を乗り出して尋ねた。

「高貴なお方が祈祷を頼みに高山寺に参られることもありますが、私は貴賤を問わずそれらのすべてをお断りしているのです。私は毎日すべての衆生のために祈っているのですから、祈祷をお頼みされる方々もその中に入っているに違いありますまい。それなら特別祈ってさしあげることもないだろうと思うからです」

　明恵上人は微笑を含みながら淡々と話した。

「なるほど、お上人さまの言われることは御尤もです。しかし、お上人の目の前で苦しんでいる人が祈祷をお願いしてもお断りなさるのですか」

「あははっ、痛いことを言われる。そうではありません。私が言いたいことは、地位名誉もあるお方がお布施をするから祈祷してほしいという取引が嫌なのです。仏法の平等の心に背いてその方だけを特別扱いしたら、神仏も聞入れるはずはありませんし、私自身が釈迦の弟子として恥ずかしい」

「うーむ。お上人のおっしゃることは、よくわかります。ですが、この度はそこをまげて、何とか建礼門院さまの願いをお聞き届けていただくことはできませんでしょうか。元国母とはいえ、いまは亡き平家の菩提を弔うことを念じている一人の女人にすぎません」

慈空が重ねてそう言うと、

明恵上人は一瞬目を光らせて、しばらく黙りこむと、部屋の南に開かれた庭の松の古木を見つめて考え込んでいた。さわやかな微風が部屋に流れ、ほととぎすの声が響いていた。

慈空はほととぎすの清らな声にしばし心を奪われていたが、ふと、後ろに控えた慈覚のことを話してみる気になった。

「お上人さま、ここに控えた慈覚は出家して間もない者ですが、実は、熊野の海で入水したことになっております維盛さまの息子です。明恵上人の御尊顔を一目でも仰ぎたいと申すので、連れてまいった次第です」

「さて、維盛さまというと、入道相国殿の嫡子であられた重盛公の嫡子ということでしょうかな」

と明恵上人は、即座にそう答えた。明恵上人の父は平重国で母は湯浅重宗の娘であるから、さすがに平家一門のことはよく知っていた。

慈空は後ろに控えた慈覚に、ご挨拶するようにと促すと、慈覚は少し膝をすすめて深くお辞儀すると言った。

「ご挨拶を申し遅れましたが、慈覚と申します。いま師が申されましたように、私の父は維盛さまであると聞かされましたが、なにぶん赤子のことで、父の記憶は何もありません。人に教えられなければ、孤児同然の身でありました」

「ほお、そうでしたか。いまの世にはそなたのような孤児があふれておりますが、平家一門のお方でしたら、この私とも浅からぬ縁がありますな。ただし出家したからには、そういう世間の血縁とも縁を切って歩むのが仏縁というものであります」

明恵上人はそう言いながらも親しみをこめて慈覚に微笑んだ。すると慈覚は、「話してもよろしいでしょうか」という意味の目線を慈空に送った。「よいぞ」と、慈空は目で合図したものの、得度して間もない十三、四の少年が何を言うかと、内心案じられた。しかしそれはまったくの杞憂だった。

「お上人さまが申されましたように、血縁をはるかに超えたものが有難き仏縁と存じます。維盛さまが私の父であるということも、普段は考えることはありません。ですが、いま私は、父においては腹違いの妹にあたる建礼門院さまの思いを、何とか適えてさしあげたいと願っております。平家一門が源氏の兵に追われて都を去るとき、父は妻子とも一門とも別れて高野山で出家され、熊野で入水自殺したということになっておりますが、それをお救いくださったのが、我が師の慈空さまでした。すなわち私の命は、慈空さまによってこの世に生まれたのです。たしかに仏縁は血縁をはるかにこえた尊い縁でありましょうが、まだまだ未熟者の私にとりましては、血縁も仏縁も同じものなのです。

建礼門院さまは高貴なお身分になり、いまもご自分の思うように自由に動けないと聞いております。しかしもとは徳子という名の一人の女人です。お上人さまは、阿留辺幾夜宇和（あるべきようわ）との教えをよくお話しなさっておられると、私は師からよく聞いております。一人の人間としてのあるべきようは、武士としてのあるべきようは、僧侶としてのあるべきようは……、それらは身分の差ではなく、立場の違いとして、あるべき姿あるべき生き方があるのだと、私は理解しております。いま一人の女人として、あるべきようにできないのが、父の妹であった徳子さまです。どうかそのことをお汲みとりいただき、徳子さまの住まいにご参上いただきますよう伏してお願い申し上げます」

いまにも泣きだしそうに目を赤くした慈覚の切々とした口上を、慈空は目を見張って聞いていた。よくぞ申したと、慈空は誇らしくもあった。その熱情は明恵上人の心を動かすに十分だったようだ。慈しみの眼差しを慈覚にそそぎながら微笑むと、明恵上人は物静かに言った。

「わかりもうした。僧侶の一人として、あるべきように、建礼門院さまのお住まいに参上いたしましょう」

こうして明恵上人は、数日後には迎えにきた牛車にゆられて、建礼門院がひっそりと住まう屋敷へ向かったのだった。ところがである。慈覚の熱弁によって実現したといってもよいこの機会が、あやうく水の泡と化す事態が起きたのだった。

明恵上人が建礼門院の部屋に通されると、女院は高台の御簾の中から顔を出さず、そればかりか上人を一段低い所へ坐らせ、御簾の中から白い手だけをさし出して合掌し、受戒の儀式を済まそうとしたのである。上人は思わずムッとして、怒りで頭に血がのぼった。

普段は静かで穏やかな明恵上人といえども、もとは武士の家柄のせいか、生身の体に流れる血は熱いのだ。十三歳で僧侶になってからは、釈迦の教えを一筋に思いつめ、自ら耳を剃刀で斬ったことさえあったそうだ。生まれついての美少年だった明恵は、そのために何かと誘惑も多く、それがわずらわしくて、僧侶になる前にも自分の顔を傷つけようとしたことがあった。そして出家してまもなく、明恵（高弁）は修行に専念するため五感のうちいずれか失えばよいと思いつめた。しかし、視覚を失えば経典を読むことができず、臭覚や味覚を失えば、鼻水やよだれを垂らして経典を汚してしまう。触覚などを失えば自立して生きることが困難になるなどと考えた挙句、片耳を剃刀で斬って、生涯釈迦の弟子として生きる覚悟のほどを身体に刻んだのだった。釈迦のふるさと天竺（インド）への巡礼を夢見ていた時期もあった。真言僧ではあったが、仏教の原点にもどらねばならないというのが明恵上人の考えのようだ。それを誰にもわかりやすく説いたのが、阿留辺幾夜宇和《あるべきようわ》という七文字であった。

それほどまでに釈迦を信奉し己を律する明恵上人に対して、建礼門院の態度はあまりにも無礼であり、無知で幼くもあった。

その頃はまだ高弁と名乗っていた明恵上人は、建礼門院にずばりこう述べたという。

「高弁は名もなき下﨟でございますが、釈迦の子として長年修行いたしました身であります。その者が、高座に登らないで戒を授けたり、法を説く時は師弟もろとも罪に堕ちると、そう承っております。我ら如き非人を、敬って下されば、仏法の功徳は甚大で、さげすみ給えば、大罪になると聞きます。この度の御受戒は、まことにありがたい仰せとは存じますが、私には釈尊の教えに背いてまで、へつらう気持はございません。誰か他のものをお召しになった方がよろしいでしょう」

明恵上人はそう言うなり坐を立ち上がり、さっと部屋を立ち退いてしまった。

建礼門院は大そう驚かれ、急いで御簾から出ると、「上人をお引き留めくだされ」と女房に命じたのだった。そして明恵上人を上座に座っていただき、受戒したのだった。

「それから建礼門院さまは明恵上人を生涯の師として敬い、あるべきようわの教えを守り、平家一門の菩提を弔いつつ、静かな日々を暮らしておられるということです」

慈空はここまで話しおえると、智海（宗親）を法楽寺に連れてきた訳を説明した。

「前にもお話しましたが、宗親どのは維盛さまが屋島を出るとき一緒に行動を共にされて高野山に上り、出家され智海と名乗られた。以来、お山を下りることはほとんどなく真言僧としての修行に励んでこられました。この度、六年ぶりにお山を下りてこられたのは、摂津の太融寺の堂宇再建にあたり勧進のお助けをわしから頼んだからです。そのついでというのは何だが、智海どのが日ごろ思っていることを長明どのに話しておいてほしいと頼みました。というのも智海どのは、近頃、高野山においても念仏信仰が流行り、真言密教の聖地ではなくなりつつあると嘆いておられるからじゃ。何も念仏が悪いというのではないが、いま話したように、僧侶としてのあるべきよう、真言密教のあるべきよう、というものが曖昧になっていると、智海どのは申している。そのへんのところを語っていただこうと思います」

智海は、色白で面長顔のせいか、おっとりとした公家のような印象があるが、もとは平家一門の武士として伊予守を仰せつかっていた時期もあった。しかし人を殺《あや》めざるをえない武士の生き方は性分に合わないらしく、若いころから出家することを望んでいた。それでも優柔不断な性格なのか自分で決断できず、重盛公亡き後平家の棟梁となった宗盛の言われるままに動いていた。平家が都落ちするときときは家族とともに遁走しようとしたがそれも適わず、泣く泣く平家一門と共にしたので、維盛が屋島脱出をすると聞いたときは小躍りして従ったのだった。

智海は胸元で合唱すると、予に向かって軽く頭を下げ、静かな口調で話しはじめた。

「いま慈空どのが、明恵上人のことを話されていたので、まずそのことについて私なりの考えを述べようと思います。お上人は　神護寺の再興に生涯をかけられた文覚上人の弟子のように見られておりますが、実際は、文覚の直弟子の上覚から受戒したと聞いております。上覚は明恵上人の伯父にあたりますから、おそらくそうでありましょう。いずれにしろ、明恵上人は真言密教の修行をなさったわけですが、お上人の心の根っこにあるのはお釈迦さまの生き様そのものでありましょう。真言僧として祈祷もされますが、僧侶という以前に一人の人間としてのあるべきようわを自らに課し、また人にもそれを求められたのです。ですからお上人にとって、仏法の戒律は人としてあるべきようの根幹をなすものです。しかし近頃は、法然上人の念仏信仰が巷に広がり、念仏さえ唱えればあらゆる罪は消え、極楽浄土に行けるなどといわれ、あまつさえ真言僧の中にも専修念仏をよしとして、妻帯肉食も平気でおこない戒律など無きに等しきものとなっております。空海上人がいまの高野山の有様をご覧になったらどれほど嘆かれることでありましょう。源信僧都が著された『往生要集』においても、念仏の功徳は貴賤を問わずあまねく大菩提を得させ、一切衆生を極楽に往生させるが、戒を守ることは宝珠を護るごとく厳重であらねばならぬ、と説いております。ところが昨今の法然上人においては、ただただ念仏を唱えさえすればどんな悪人でもたちまち往生できると説くばかりで衆生を惑わせているとしか思えません。明恵上人は、この点について法然上人を痛烈に批判していると聞きましたが、長明どのはこのことをいかに思われますか」

智海が悩ましい顔つきでいきなり難しい問いを予に向けてきたので一瞬戸惑ってしまった

が、『方丈記』を記しながら日ごろ考えていることを、率直に答えるしかなかった。

「いやいや、智海どのが言われることはよくわかる。わしは仏典にはとんと暗いものだが、人の生きるにおいて戒がなければ人道もなにもなく、世は荒れるばかりじゃ。親子や夫婦の間にも、世間の人と人との間にも守らねばならぬ掟のようなものは自ずとある。それは仏教の戒律という以前の問題であろう。しかし……、いまの世をつらつら見るにつけても、卑賤の者たちは犬畜生のごとき暮らしの中で、何をもって救いとするのか。どんな因果があってか生まれたときから地獄に放り込まれ、虫けらのような暮らしを強いられておるではないか。そのように哀れな人間は、尊い家柄に生まれ読み書きできる者らには想像もできない地獄の苦しみがある。愚鈍下智の者、文字も読めないのにどうして難しい仏典など親しめよう。仏の大慈悲が平等に遍く一切に及ぼす、山川草木悉皆成仏《さんせんそうもくしっかいじょうぶつ》というのならば、戒も何も知らない虫けらのごときいのちも成仏させてくれる。聖道門に生きる僧侶にあっては戒を守り修行を重ねるがよいが、それができるのはごくわずか、選ばれた人間にすぎない。阿弥陀如来の四十八願は、選ばれない大半の者も専心念仏すれば救いとってくださる。それが法然上人の思い至った浄土門ということではあるまいか」

智海は、予の顔を凝視しながら大きくうなずいて言った。

「長明どのが言われることも尤もじゃ。法然上人というお方は大悟されたのだと、私も思っている。ただ、私が疑念いたすのは、阿弥陀如来の念仏のみが本願であり、他の信仰、すなわち余行の者には仏の光明は照らさない、というところです。これでは他宗門の信仰を否定することになりませぬか。阿弥陀如来の四十八願が大きなものであるならば、どのような真言を唱えようと、その祈りが真剣であるならば届きましょう。要は、身口意をととのえた一念一途な祈りこそが仏の光明に照らされるということでありましょう」

「智海どのが言うとおりでござる。わしは空海上人が開かれた真言密教の教えについてはほとんど知ることはないが、密教の加持祈祷というものにおいても、一念の信仰というものがあればこそ、加持する者とされる者が通じるのではなかろうかと思っている、そうではありませぬか、智海どの」

「そのとおりです。しかし私はまだその一念の信念が足りないようで、『三密加持して速疾に顕わるという』加持祈祷はとうていできかねますが……」

智海はそう言って苦笑いすると続けた。

「それはさておき、わたしが浄土門に対して疑念をもつわけは極楽往生ということにもあります。戒を守らず、悪業の限りをつくした者であっても、その臨終の間際に念仏を一心に唱えれば往生できると教えております。これでは世に悪がはびこるばかりではないか。実際のところ法然上人のもとには、そういう悪党の輩も大勢集まっておるというころで流罪遠島になったそうです。法然上人はそれでも専修念仏の信念は変わらず、讃岐国の遠島先においても念仏に明け暮れたということでありますから尊敬できますが。とにかく私は、真言僧の一人として、高野山においても昼夜において念仏がこだまするようになっていることにやりきれない思いをしているのです。明恵上人が法然上人の専心念仏信仰を厳しく批判したということを知って、少しは胸を撫でおろした次第なのです……

ところで、私と一緒に高野山に上った維盛さまのことについてもお話ししておきましょう。長明どのはすでに慈空どのからお聞きしているはずですが、維盛さまは熊野の海で入水自殺したなどというのはまったくのでたらめでございます。あのお方は西方浄土にあこがれるような信仰はもっておりません。いかにしてこの世での現世利益をえて、思う存分生きるかということに思いをめぐらせる人なのです。重盛公の嫡子として将来を嘱望されて、その上美男でいましたから若いころには女人にもてはやされ、今源氏と言われるほど浮名を流しておりました。その一方で武人として弓馬の鍛錬を怠らず、戦場で死ぬことは武人の誉だと日頃から申しておりました。ところが富士川の戦い、倶利伽羅峠の戦いなど大将軍として出陣した二度の戦で大敗北を喫したことから、人が変わってしまいました。大らかさが影をひそめ、平家一門の人をも信じなくなりました。平家の都落ちの時には一人脱走して高野山に隠れるなどと、私に漏らしておりました。しかし私は、都から高野山に上る途中にも源氏につかまる恐れがあると言って止め、いったん屋島に出てから一緒に島を出たのです。そのあたりのことは慈空さまからお聞きでしょう。

維盛さまの若いころは、信仰心の篤かった父上の重盛公とは違い、神仏への信仰にはまるで関心がありませんでした。むろん神社仏閣にお参りすれば人並みに礼をつくしてお祈りもしました。熊野での入水自殺を演じて高野山に上った後、その変わりようを言葉でいうのは難しいのですが、私の蔵書する空海上人の『三教指帰』や『性霊集』をはじめ仏教書をむさぼり読むようになり、私が考えもつかない質問などもするようになりました。さすがに重盛公のお子だと感心したものです。

高野山には、平氏方や源氏方の武士どもが世をはかなみ、念仏信者となって上ってきた者も少なくありませんでしたから、どこでだれが目を光らせているかわかりません。維盛さまはむろん出自や身分は隠し通しましたが、維盛さまと私の受戒の師となる隆祥上人だけには明かしておりました。というのも、高野山の伽藍再興に尽力されて僧正として位も高い隆祥上人は、清盛公や重盛公から多大な寄進を受けておりましたので、維盛さまの身分を明かした方がむしろ何かと便宜をおはからいいただけると考えたからです。

『信仰篤く重盛公のお子とあれば、何としても恩義に報いなくてはならん。立派な僧侶になるであろう』と隆祥上人は申されておりました。

しかし私が予想したとおり、維盛さまは隆祥上人から受戒得度はしたものの、四度加行や阿字観瞑想を数ヵ月続けた後は修行にあまり熱を入れず、私が一通りの行を続けている間にも、名のある僧坊を遠慮なく訪ね歩いては質疑と問答を繰り返していたようです。なにしろ三、四歳の可愛いさかりの頃、後白河法皇の膝に抱かれて眠り、おしっこを漏らしたという逸話もあるくらいですから、何事にも物怖じしないおおらかさ、屈託のなさは天下一品です。それでも家族や平家一門と決別してからというもの、さすがに孤独にさいなまれている様子がしばしば見られるようになっていました。奥の院には毎朝ひとり参拝に向かい、本堂で一刻あまり理趣経を唱え、あるいは滝つぼに入って滝行をしてみたり、あるいは横笛を吹いたり、あるいは深夜遅くまで新別所の本堂に籠って阿字観瞑想をしておりました。

維盛さまは僧坊の先達にどのようなことを問うているのか、訪問を受けた何人かの僧に聞いたところ、とくに空海上人の言葉について尋ねられることが多かったと語っておりました。隆祥上人は、維盛さまから問われたという、空海上人の詩のような短い言葉を日記に記しておりました。たとえば、このような詩句です。

高山に風起り易く、深海に水量り難し
汝が三密は是れ理趣なり

無我の大我
生死海《しょうじかい》
大空三昧
還源を思いとす
三密刹土に遍して、虚空に道場を厳る
重々帝網なるを即身と名づく
生れ生れ生れ生れて生の始めに暗く、死に死に死に死んで死の終わりに冥し
虚空尽き、衆生尽き、涅槃尽きなば、我が願いも尽きん

隆祥上人はこれらの詩句の深い意味を維盛さまから逐一問われて閉口したと笑っておられましたが、『よくよく考えてみれば、玄空がわしに問うた言葉をひとつにまとめると、空海上人の奥深い宇宙観といったものを著している。それはある意味、仏教をも超えた真言密教の根幹たる宇宙観を表した詩句にほかならない』とも申しておりました。

言い忘れました、維盛さまが得度したときの戒名は玄空でした。

『宗親は智海、わしは玄空か、二人合わせて空海になるが、それでもとうてい空海上人のサトリの足元にも及ばんな』と、維盛さまは大笑いしながらも喜んでおりました。

維盛さまが高野山にいたのは半年たらず、密教経典を体系的には学んでおりませんし加行にしても三カ月あまりにすぎませんが、おそらく直観的には深く感じるところがあったにちがいありません。とくに理趣経には深く心を動かされたようで、このような経文を繰り返し口ずさんでおりました。

妙滴《たえ》にも良ろしき心地こそ　清き菩薩の境地なり
欲の働く心地こそ　清き菩薩の境地なり
ひとたび浄《きよ》き道を得なば　地獄に堕ちることもなく　罪に陥ち入ることもなし。
この世を我のものとなし、この世の仏となりぬらん
菩薩はすぐれし智慧そもち、なべて生死の尽くるまで、
恒に衆生の利をはかり、たえて涅槃に趣かず。
蓮《はちす》は泥に咲きいでて、花はよごれに汚されず、
すべての欲もまたおなじ、そのままにして人を利す。
大なる欲は清浄《きよき》なり、大なる楽に富みさかう、
三界の自由身につきて、堅くゆるがぬ利を得たり。
善《よ》きかな　善きかな　大なるひと

善きかな　善きかな　大なる楽
善きかな　善きかな　大なる法
善きかな　善きかな　大なる智慧。

真言の根本経典のひとつである理趣経は、欲の働く心地こそ、清き菩薩の境地なり、などということを堂々と記しています。この経典は、仏教の教えの逆説を行っていますが、維盛さまにおいては、この逆説こそ深く考えさせるものがあったのでありましょう」

智海はここまで語ると、「祈りとは何か」といきなり予に問うてきた。

「長明どの、念仏は極楽浄土に生れんとする祈りでありましょうが、母が我が子の健やかな成長を願うことも祈りでありますな。では、そもそも祈りとは何なのか、私は最近、わからなくなっておりますよ」

「うーん、祈りか、祈り……」

予が答えに窮していると、智海はニヤリとして言った。

「祈りとは何かとあらためて問われると、ほとんどの者が答えに窮しますな。神道の祓清めも祈り、念仏も祈り、母心も祈り……祈りにもいろいろありますからな。つまりは人間の心に浮かぶ願望のすべてが、人間の心の弱さ、正邪や善悪を超えて祈りとも言えましょう。とすれば、真言の加持祈祷、呪術も同じでありますす。祈らざるをえないのが人間の性ともいえましょうか。理趣経の壮大なる逆説は、そのことを表しているのではないかと、最近私は思っているのです。あっはは、これは長々と余計な自説を述べてしまいましたが、念仏信仰の長明殿、お許しあれ」

「いやいや、わしにとってもなかなか興味深い話でござった。一度ぜひ、理趣経なる経典を読んでみたくなった」

「この法楽寺にいる間に、ぜひともお読みなされ」

と慈空が横から言った。

維盛が高野山を去る数日前の朝だった。智海が本堂でお勤めを終えると、維盛が境内のはずれに智海を呼んで、別れの言葉を述べた。

「いよいよ高野山を降りるときが来た。熊次郎に頼んでいた軍船が完成したとの知らせがきたのだ。壇ノ浦で源平の戦いが始まる前に、裏切者湛増の熊野水軍を蹴散《けち》らさなくてはならん」

「いよいよですな。ご武運を祈っております。それで、また高野山に……」

「いや、わしは運よく生きて帰っても高野にはもどらんだろう。おぬしは僧侶が似合うているが、わしは僧侶には向いておらん。しかし、明恵上人が言われたように、わしなりにあるべきように生きていこうと思うぞ。それはつまり、空海上人の末弟となった以上、これからも真言の教えをこの身で一心に深めていきたいということじゃ」

「万一、平家が壇ノ浦で敗れることがあれば、源氏の平家狩りが再び激しくなりますぞ。どうなさるおつもりですか」

「そのときは軍船で逃げるまでじゃ。そのまま天竺まで向かうかな、あっははっ」

維盛さまとの話はそこまででした。

三日後の朝、維盛さまは師の隆祥上人に別れのご挨拶をすると、前日から高野山に入っていた慈空とともに龍神までの杣道を歩き、途中まで迎えにきていた熊次郎の家臣の馬に乗り、軍船が待つ太地へと向かったのだった。

ここで智海の話がおわると、慈空があとを継いで話した。

「維盛さまはやはりどこまでも平家の御曹司でありました。自ら言われたように僧侶には向いておらず、武家の棟梁になられるべきお人だったのだ。しかしそれが平家一門の中では空しいことなった。私が、熊野での入水自殺を演出してみせたのは、源氏の平家狩りから逃れる方便というだけでなく、維盛さまの生き方を変える手立てにするためでもあったのだ。わずか半年ほどだったが高野山に上って修行したことは維盛さまの生まれ変わりになったのだろうと思う。もとより維盛さまは、念仏三昧の極楽往生など望んでいなかったし、極楽すら信じてはいなかった。死んだあとのことは仏にお任せし、生きているこの世での悟りを求めていたのだ。無我の大我といい、生死海といい、あるいは大空三昧といい、空海上人のこれらの真言、詩句は、維盛さまの心に、真綿に水が染み入るように浸透したのだろう」

慈空はそこまで話すと、左斜めに控えていた熊次郎の方へ頭をめぐらして言った。

「壇ノ浦合戦後、維盛さまは軍船で天竺へ向かったが、その途中まではそなたの軍船も一緒だったな。それから十三年後、対馬などを拠点にしたそなたの軍船はようやく熊野に戻ってきたが、維盛さまの消息はどうなったのか、わかっている限りを長明どのに話してくれ」

「承知つかまりました」

髭面の熊次郎は、ややしわがれた太い声で言うと、長明に向けて膝を前にすすめた。山伏であり船大工でもあった熊次郎は、新天地となった九州方面でも山伏や漁民など多くの人望を集め、強気を挫き弱きものを助ける海賊として地歩を固め、配下の部下は九州ばかりでなく四国や紀州まで勢力を伸ばしていた。日焼けた顔は少し痩せたようだったが色艶はよく、筋骨隆々たる体躯も五十を過ぎたとは思えなかった。

「維盛さまと息子の一朗太が乗る軍船と別れましたのは、天草島でありました。宋国に立ち寄り、できるだけ陸が見える航路を行くようにと船頭には伝えました。もし航路を誤っても一朗太がほら貝を吹けば、鯨やイルカが先導してくれるだろうと、維盛さまはいたって楽観しておりました。ですが、問題は突然の嵐と遭遇することです。軍船は両舷に仕掛けをしているので転覆しても起き上がることができます。それでも転覆してしまったら、即製の筏が組める材木などを舟底に収納しております。それにしても外洋では何が起こるやら想像がつきません。果たして天竺に行き着けるかどうか、一朗太の大日如来、鯨の先導いかんにかかっておりましょう」

熊次郎がそこで一息ついたので、予は率直な質問を投げかけた。

「それにしても維盛さまは何のために天竺に向かわれたのか。また、そもそも天竺には宋国をへて険しい山々や大河を超えて陸路で行くものと聞いておる。地図もない外洋から渡っていけるものであろうか」

「まさに、長明どのが言われるとおりでございます。天竺行は無謀である、自殺行為ですと、私は何度も維盛さまを諫め、引き留めましたが、笑うばかりで聞く耳を持たれませんでした。一朗太の同行を止めさせることができれば、維盛さまも諦めざるをえないだろうと思い、息子の説得にかかりました。しかし一朗太にしても、大日如来の故郷がどこにあるのか見てみたいなどと言って、その一点張りです。幼いころからの知恵遅れで育ち、成人してからも世間知のない子でしたが、それだけに純粋な心をもっていたのでしょうか。ふしぎなことに鯨やイルカとの会話だけは超人的な能力を持った子でした。一朗太にとっては大日如来である鯨の声に誘われているとしか考えられないのです。もしそうであるとすれば、維盛さまにしても、凡人には聞こえない仏の声に誘われていたのかもしれません。父の重盛公は宋国の寺に多大な黄金を寄進されていましたが、維盛さまは、明恵上人のように釈迦の故郷にあこがれたのでありましょう。それはまた空海上人の夢であったかもしれません。私は説得を諦め、海を熟知した船頭とその部下を三人選び、命知らずの若い漁師らを五、六十人ほど同船させることにしましたが、彼らは尻込みするどころか、みな喜々としてこれに応じたのです。何としても天竺へ渡るという維盛さまと一朗太を見ていたら、血気盛んな若衆は勇気づけられたのでありましょう。しかしその一方で、近海は我が庭のごとく思っている熟練漁民らの半数近くが外洋は恐ろしいと言って下船しましたので、維盛さまと一朗太を除くと、総勢八十一名が乗り組んだのであります。

こうして熊野を出てから二カ月ほど後の弥生月、軍船不動丸は天草の港を出港しました。その見送りのとき、維盛さまは私に一枚の文とともに、一振りの刀を差しだされ、こう言いました。

『熊次郎どの、これまでの御厄介のこと、言葉を尽くしても尽くしてもお礼の申しようがござらん。この刀は私の形見と思って受け取ってくれ。祖父清盛公から授かったものだが、いまではわしは平家の者ではない。高野山で得度を受けたが僧侶にもなりきれなかった一介の沙門だ。沙門に刀は必要ない。無事、天竺に着いたのち、いのちがあれば必ず戻ってこよう。いつのことやらわからぬが、それまで達者でいてくれよ。さらばじゃ』と……。

私はこらえていた涙が突然あふれだし、言葉が出てきませんでした。

文には達筆の文字で、このように記されておりました。


高山に風起り易く、深海に水量り難し。

我が三密は是れ理趣なり。

生死の大海をわたり、大空三昧に遊び、無我の大我を求めん。

沙門　玄空

熊次郎殿

「どれどれ、その文を私にも見せてくだされ」

慈空がそう言って、熊次郎から一葉の文を受け取ると、穴の開くほど紙面を凝視していた目からぽろぽろと涙がこぼれおちた。

「うーむ。維盛さまはここまで真言の奥義に至っていたとは」と、慈空は喉から無理やり声をしぼりだすように言った。

「維盛さまの幼少のころは甘やかされて育ったこともあり、とても泣き虫で我がままでありました。それでも平家の嫡子としての自覚をもち武人として強くあらねばならないと弓馬の道にも励んでいました。ところが重盛公亡き後、腹違いの次男である宗盛どのが平家の棟梁となり、維盛さまはしだいに一門から疎外されていきました。そのこと自体、維盛さまにはそれほど不服はなかったようですが、自尊心を傷つけられたのは大戦さで二度も敗れたことです。しかも多くの武将を死なせたことに痛恨の悲しみと大きな責任を感じられたのです。人前では決して弱音や泣き言は吐きませんでしたが、ひとり忍び泣いているのをわしは見ている。高野山に上って僧侶の修行をしている最中のとき、わしは何度か会いに行きました。そのとき維盛さまは、わしにこう言ったのです。

『慈空よ、わしはこれまで盥《たらい》いっぱいの涙を流してきた。兵士らを死なせたときもそうだったが、妻子と別れたあともそうだった。しかしこうして真言の行に励んでいる今、昔の自分が自分ではないような気持になっている。まるで幻のようだが、生まれ変わるとはこういうことか。だからと言って、わしは死なせた兵らのことを忘れてはいない。毎日、経を唱えるときは兵らの菩提を祈っている。わしが祈ったところで兵らの魂が救われるものではなかろうが……』

そう言って苦笑しましたので、わしは、祈りは十分届いておりましょうと申したのです。するとと維盛さまはにっこり微笑み、続けて言いました。

『それにしても真言密教、いや空海上人のお教えはとてつもなく深いものだな。わしは、前にもそなたに言ったことがあると思うが、極楽浄土などは信じておらん。そういうわしが僧侶の修行などしてどうなるものかと思っていたが、密教の教えは、浄土信仰とはまるで違うものじゃった。言葉ではうまく言えないが、法界という大宇宙につながるのが即身成仏というものかと思う。阿字観の瞑想をしていると、草木も獣も人間もすべて成仏できると大日如来がわしに語りかけてくるのだ。一朗太が鯨を大日如来と信じているのもよくわかるようになった。このようなわしの考えはおかしいか?』

わしは率直にこう答えました。修行に入って間もないのに、そこまでの心境に至ったことは素晴らしいことです。わしはとても足元に及びませんが、即身成仏とはまさに、大日如来の声をわが身の内に種子として修め、日々その声を聴いて生きることです。そこにおのずから極楽浄土もある、とな……」

熊次郎がそこで大きく頷いて、慈空の言葉に続けた。

「壇ノ浦合戦で平家が敗れたのち、私らは湛増の熊野水軍との戦いを避けるため、維盛さまの不動丸と私の軍船を連ねて熊野の太地から早々に出港しましたが、その航海の途上で、私は何度か不動丸に乗り移り、維盛さまと舟子らとともに酒を酌み交わしました。そのとき維盛さまが真剣な面持ちで話したことが忘れられません。

『熊次郎よ、短い間であったが、太地で暮らした日々は楽しかったぞ。食うものも住む家も貧しくて、公家貴族らの暮らしから見たら虫けら同然であったが、何よりも人が人らしく生きていた。わしは生まれて初めて人間とはなんぞや、祈りや信仰とはなんぞや、といったことを考えるようにもなった。みなと別れるのは辛かった……。
しかし、こうして海と空しか見えない世界というものは、さっぱりしていいもんじゃな。空海上人が鳴門の洞窟で悟りを開かれた海と空だ。漁師らにおいては、舟板の下は地獄というが、この世界が極楽浄土ともいえる。生死は一つということじゃな。ここにおる一朗太は、鯨のことを大日如来さまだと信じきっておるが、わしは何を言うているのかと最初は馬鹿にして笑っておった。ところが高野山でわずかの間だが修行して気づいたのは、一朗太の言うことは本当のことだということじゃった。それはすなわち、一朗太と鯨と大日如来は一つにつながっているということじゃよ。山伏の修行をしてきた熊次郎なら、わしが言うこともわかるだろうが、一朗太は生れついて即身成仏の体現者ということなんじゃ』
そう言われてみて、私は初めてハッと気づいたのです。知恵遅れの息子がなぜ鯨を大日如来だと言うのかを。難しい文字は読めない一朗太ですが、『我が三密は是れ理趣なり』ということを生まれながらに体現していたのです」
「そうか、だからこそ一朗太は鯨との対話もたやすくできるわけだな。『重々帝網なるを即身と名づく』と、空海上人は教えておられる。そのことを信じ切ればこそ、真言僧の加持祈祷というものも成り立つのだ。残念ながらわしはまだそこまでの心境にいたっておらんのだが、あっはっは」

慈空が自嘲気味に笑って言うと、「この私とて同じことです」と、智海と熊次郎が二人とも同調して笑った。

三人の話はそれから一刻あまり続いたが、ことさらに記録にとどめることはない雑談であった。このあと、予は熊次郎の弁天丸に乗って、鯨やイルカを生まれて初めて見ることになったのだが……、そのときの感動と驚きをどのように言い表したらよいのか見当がつかないのだ。というのも、海で暮らしを立てる庶民らはともかく、高貴な都人をはじめほとんどの民百姓は、あの怪物のような鯨を見たことがないし、海さえも一生見ずに死んでいく者もいるからだ。そういう予にしても、せせこましい庵の中で『方丈記』や『無明抄』を記して、汲々と生きてきた人間なのだ。しかも今では先行きも短く、ただただ念仏を唱え、極楽往生を待ち望んでいる身でもある。智海や慈空、維盛が説いている真言密教のこともまともに学んだことはなく、まして修行もしたことがない。そのような者が、鯨は大日如来だとか、鯨は大日の化身だとか言ってもまったく嘘になる。だから予としては、筆舌に尽くしがたい感動と驚きを体験したとしか言いようがあるまい。それでも念仏行者に向けてただ一つ、『方丈記』や『無明抄』にも加筆しておきたいことは、

「極楽浄土は海の彼方にはない　己の心中にあり」という、ごく平凡な一言である。

鯨が飛んだ日

予は、この物語をまとめながら、法楽寺を去る日が来ることを考えると憂鬱になってきた。都の山奥の方丈に戻れば、日々の食事をはじめすべてのことを自分でやらねばならない。ここでは、何もかもが用意され、まさにこの世の極楽であったからだ。方丈にはない風呂に浸れるのは、老いの身には涙するほどありがたくもあった。慈空には、この物語を半年ほどで書き終えると言ったが、いまとなってはそのことを後悔している。一年、二年はかかると言っておけばよかったと……。

慈空とともに再び予の前に現れた熊次郎は一人の船頭、喜三郎を伴っていた。

慈空はこう言って話を切り出した。

「維盛さまは、屋島脱出の後、湛増の屋敷を訪ねて、平家に味方するようにと念を押されました。湛増はその場では中立を誓いましたが、実は維盛さまはその時から疑っていて、『熊野の郎党らに金をたっぷり握らせ、湛増の動きを見張らせ逐一報告させよ』と言われたのです。それと同時に、維盛さまは熊次郎に軍船の製造を急がせました。

湛増は湛増で抜け目なく、都をはじめ摂津や備前など各地に放った熊野の御師たちから源平合戦の行方を探らせておりました。

木曽義仲が頼朝に先んじて平家を都から追い出したのち、一時は征夷大将軍として都を治めるかにみえたが、公家社会の礼儀も何もわきまえない義仲の乱暴ぶりは民衆にも反感を買い、義仲はまもなく自滅したのです。維盛さまが、平家一門の都落ちを、勇猛な知盛さまや教経さまとともに反対したのは、頼朝と義仲の源氏同時の争いのスキをついて挽回すべきと考えたからです。しかし維盛さまの意見に賛同する者は数人しかおらず、空しく都を去るしかありませんでした。湛増は、そういうことも都からの情報網を通じてすべて見通していたのです。

屋島から九州にいったん逃れた平家は、その後盛り返して、都に再び迫る勢いでした。維盛さまが湛増に会ったのはその直前でありましたから、あるいは湛増は迷っていたのでありましょう。どちらにしろ戦に勝つ方に味方することは湛増にとって自明のことでした」

湛増は迷いつつ、源平合戦を占うと称して闘鶏神社の境内で「闘鶏占い」をした、と石堂丸から慈空に報せがあった。湛増の動きは、石堂丸や権左など何人かの間者にさぐらせていたのだ。

闘鶏神社は、仁徳天皇より数えて四代目の允恭天皇八年に、熊野権現（現熊野本宮大社）を勧請し、田辺宮と称したのに始まるというから由緒ある神社だという。田辺は熊野街道の大辺路・中辺路（熊野古道）の分岐点にあることから、皇族や貴族の熊野詣の際は闘鶏神社に参籠し、心願成就を祈願した。そこで熊野別当・湛快のときに、天皇家との結びつきを強めるため天照皇大神ほか十一神を勧請して新熊野権現と称した。

「つまり湛快は、抜け目のない政治力をもって熊野三山の全ての祭神を祀る熊野の別宮的な地位に押し上げたわけです」

と慈空は言うと、湛増がわざわざ「闘鶏占い」をしてみせたその背景と狙いを語った。

「熊野三山をすべてめぐるのは、時間も費用も体力もいる。そのため、湛快が別当となって以来、闘鶏神社に参詣して熊野三山を遥拝して引き返す人々も増えたということです。

湛快の子の湛増は田辺別当となったが、それは熊野別当と同じことです。熊野別当は、熊野水軍を束ねて動かす力がある。しかしかつて源平の戦いでは三山が相争うこともあり、熊次郎のように今なお反抗する者もいるので、湛増は占いの神事によって一つにまとめようとしたのであろう。

治承四年（一一八〇）、湛増は主だった水軍の者を集め、社地の数羽の鶏を紅白二色に分けて闘わせたところ、白の鶏がすべて赤に勝った。最初から白の鶏が勝つように仕組んでいたことは言うまでもないことだ。ちなみに義経の家臣弁慶は、湛増の子と伝えられているが、はっきりしたことはわからない。ただ、弁慶は熊野の出であることは確かで、湛増に源氏の動向をつぶさに伝えていた一人であることに間違いはなかろう。湛増は、源氏は間違いなく平氏に勝つことを確信したからこそ、また熊野水軍を一つにするためにも、闘鶏を演出したわけじゃな。

案の定、闘鶏の占いを見た熊野三山の水軍は源氏に与力することを決めた。維盛さまは、田辺周辺に放っていた郎党からこの情報を得ると、すぐさま出陣の準備にかかったのです。源平合戦は、壇ノ浦で雌雄が決まるだろうという情報も、わしのかつての仲間であった武将や高野聖からも続々と入ってきた。維盛さまにおいては、熊野水軍を壇ノ浦に向かわせないことが、平氏一門に対する最後の報恩であったのです。

維盛さまは死を覚悟していたのでしょう。湛増が、熊野水軍を率いて壇ノ浦へ出陣する少し前から部屋にこもって瞑想し、不動明王の真言陀羅尼をよく唱えておりました。

維盛さまが熊次郎に製造を頼んでいた軍船は、この出陣より一カ月前には出来上がり、太地の港で推進式を行っておりました。なにしろかつてない巨大な軍船であり、その威容にふさわしく不動丸と名付けられた。維盛さまにはとうてい操縦はできないので、熊次郎は自分の片腕と頼む漁師で山伏の喜三郎を船頭とし、百五十人の舟子をその配下につけたのです。ここにいる男が喜三郎でござる。

維盛さまは出陣する前の二、三カ月、喜三郎とともに毎日のように不動丸を沖合に走らせ、ときには熊次郎が配した三十艘ほどの漁船を敵に見立て、実戦さながらの訓練に励んでおりました……」

そんなある日、維盛は熊次郎に言った。

「鯨を一度、間近に見たいものじゃ。一朗太のほら貝で鯨を呼ぶことを頼んでもらえぬかの」

「たやすいことでございます。一朗太もこの船で沖合に出てみたいと言っておりました」と熊次郎は答え、その翌日、一朗太は不動丸に乗ることになった。

五本の帆が追い風を受けて滑るように走る。

「船足が速いなぁ。おとはんの船よりだいぶ速い」

舳先に立った維盛のそばで、一朗太は風を顔に受けて気持ちよさそうに言った。風があるにしては波が穏やかで水平線がくっきり見えている。

維盛が初めて船に乗ったのは六歳のときだった。季節は桜の咲くころ、清盛や重盛な主だった平氏一門の熊野詣のときだった。乗船してしばらくは心うきうきと大海原に見とれていたが、半刻もしないうちに吐き気を催し、甲板に激しく吐瀉《としゃ》してからはずっと寝込んでしまった。それから船には三度ほど乗ったが、かならずといってよいほど吐いてしまうので海洋の船に乗るのが嫌になっていた。だが、平氏の将来を託された一人である維盛は、そうも言っていられない。保元の乱の前、清盛が熊野詣をしたときに、鱸《すずき》が船の中に飛びこんで来た。それは目出度い徴だということであったが、実際、その後清盛はとんとん拍子に公家社会を上りつめていった。維盛は幼いときからそんな平家神話を聞かされ育ってきた。

「海を制することができなければ平氏の未来はない」と祖父の清盛から直接言われたこともあった。

維盛は屋島を脱出したときも船酔いを恐れていたが、疲労困憊していたせいか、舟底の室にすぐ寝てしまい、目覚めたときに初めて見る鯨に心が奪われてしまったせいか、船酔いの不安などは吹き飛んでいた。

「船酔いに弱いこの自分が、補陀洛浄土に向けて船に乗って入水自殺するとは、なんとも皮肉なことよ」

維盛が水平線を眺めながらそんな思いにふけっていると、一朗太がほら貝を吹きはじめた。船はすでに三里ほどの沖合にあり、船尾のほうの熊野連山は霞んでみえている。

一朗太の吹くほら貝の音色は海面を滑りつつ、矢のように海中に響き渡っていくのだろうか。やがて小半刻もしないうちに、舳先の半里ほど前に潮柱が上がった。

「おっ、鯨が来たか」

維盛が言っても、舳先の先端に立った一朗太には何の反応もなく、ただ無心にほら貝を吹き続けていた。

維盛がじっと先方に目を凝らしていると、五町ほどのあたりで鯨は半身をよじるようにして海面から飛び上がった。鯨の体が海面を打って大きな水しぶきを上げて沈んだとき、その振動の波がざわざわと不動丸まで伝わってきた。

ほら貝の音色が低音の響きから急に高音に変わったとき、鯨は再び大きく海面を浮上して沈んでいった。水しぶきが収まってすぐに、別の鯨らしいのが海面に背中を見せて、潮柱をあげている。それからも、三頭、四頭と新顔らしい鯨が近くに群れはじめた。

低音から高音や中音に、長い音、短い音、激しい音、澄んだ音、悲し気に震える音などが自在に変化する。調べのある楽曲を聴くようであり、また鯨と言葉の交信をしているようにも維盛には聞こえていた。

短く鋭い音に反応したかのように、鯨が半身を海面から上げて飛んだ。あるいは、長い低音のときには鯨はゆっくりと旋回して海面にもぐる。続けて、二番手、三番手の鯨が海面を躍り上がり、短い高音の連続が合図でもあるかのように、潮柱を吹き上げた。偶然、そのように見えたのかもしれないと維盛は思ったが、鯨は一朗太のほら貝の音に応えていることは間違いなかった。

ゆったりした長い低音に誘われてように鯨は不動丸に接近しながら、維盛のすぐ目の前で飛び上がった。舳先の先端は二十尺もある高さだが、水しぶきがどっと維盛の顔にかかってきた。

「うあぁ」と声を上げて維盛は思わず後ろに下がった。顔にかかったしぶきを手の甲でぬぐいながら、一朗太が言うように鯨はまさに大日如来の化身なのかもしれないと思った。この大海原に鯨は百年、千年生きると一朗太が信じているのもわかる気がした。

それにひきかえ人間どもの暮らしは何と浅ましいことばかりか。ことに公卿らの世間は濁った池のようで、つまらぬうわさや真実味のない男と女の政略結婚、嫉妬や権謀術数に明け暮れている。人間は小さな池の中で共食いする獣なのだ。河原に死体がごろごろ転がっていようが、着飾った公卿や女房の牛車は見ぬふりをして通りぬける。今日は縁起の悪い日だといって、どこへ向かうにも方角を占う「方違え」などして、死におびえながら極楽浄土を祈っている。維盛は、こういう世界が当たり前のように女遊びや昇進のことばかり考えていたが、平氏に生まれていなかったら、このように大らかな人間らしい暮らしができたのだと思った。それに比べれば、いま目の前にいる鯨のすむ大海原こそ補陀洛浄土なのだ。補陀洛浄土は遥か遠くにあるのではなく、いまここにあると、一朗太のほら貝が教えている。

そんなことを考えていると、都を落ちるとき激しく泣いていた息子の六代の顔がふと脳裏によぎった。維盛は我ながら未練がましく思い、すぐにその面影を消し去ったそのとき、ふとひらめいた。この鯨が四、五頭もいたら、湛増の熊野水軍を壊滅させられるだろう、と。一朗太は、維盛がそんな空想を思い描いているとはつゆ知らず、集まった数頭の鯨との交信を心底楽しんでいるようだった。

翌早朝、維盛は熊次郎を呼んで、出陣前の準備をしながら熊野水軍をいかにして攻撃するかなどを相談した。途中、昼餉を食べたあとも夕刻まで話し合った内容は、こういうことであった。

湛増の熊野水軍を、不動丸と熊次郎の弁天丸で挟み撃ちにする。そのためには、不動丸は、湛増の出陣より二日前には住吉の浜近くの湾で待機し、熊次郎は熊野水軍の出陣後すぐに後ろから追い上げていく。

一月前から田辺周辺に放っていた間者の報告では、熊野水軍は二百艘に三百人の兵が乗っているという。石堂丸や権左なども間者となって紀ノ國の田辺から湯浅、摂津や淡路あたりまでの情報を集めていた。大柄な体なのにすばしこい権左は、

「摂津の港にも壇ノ浦に向かう兵を運ぶ漁舟が数百艘かき集められております。武者の数は千人あまりですが、海戦で決着をつけるつもりでしょうか、軍馬の数は百頭も見られません」と報告した。

また田辺あたりを探っていた石堂丸は、

「熊野水軍の三艘の軍船は大きくても不動丸の半分もなく、ほとんどの舟の大きさは漁舟と変わらない十人から二十人乗りで、最大のものでも三十人乗りの海賊船です。近隣の漁民がか

き集められていましたが、弓や槍をもった山伏や僧兵らしき者たちも多くみられました」と報告した。

間者らの報告を聞いた維盛と熊次郎が作戦会議で出した結論はこういうことだった。

軍船二艘だけで熊野水軍を蹴散らすことはできる。しかし万一、二百艘に取り囲まれてしまって、そこに弓や火矢を打ち込まれたら動きがとれなくなる。そこでこちらも一艘に十五人の舟子や兵を乗せた大型漁船を五十艘出して、熊野水軍をおびき寄せ、ちりぢりに分散させ、あるいはひと塊となった群れに軍船を突っ込ませる。とにかく二艘の軍船が自在に動けるような作戦が必要だと、熊次郎は力説した。そして五十艘の漁船に乗せる兵らは、戦いの経験も浅い独り者の若者ばかりで弓の扱いにも慣れていない。彼らを無事に帰還させるためにも、危険な接近戦は避けたいと、熊次郎はこうも言った。

「兵を募るのに慈空殿から預かった黄金をたっぷり使わせてもらいました。なにしろ明日の食い扶持さえままならない貧困にあえぐ漁民や百姓たち、わしらも連れていってくれと大勢の者が金目当てに志願してきましたが、家の頭や嫁子供のいる者はならん、次男坊以下の独り者にかぎると断りました。各地の山伏の仲間や猟師などからも五十人以上の志願がありました。志願した者には、弓矢の扱いなど一月ほど訓練をさせ、弓の扱いに慣れた漁師や剛腕の者らを各船に六、七人乗せるように計らいましたが、いざ弓の射合いとなれば熊野水軍にはとうてい敵いますまい」

「この度の戦さは、敵を殺すことではない。ましてや平氏と源氏の戦いではない。弓合戦となって志願した者を死なせてはならん。熊野水軍を壇ノ浦に向かわせないことが第一なのだ。それさえできれば、さっさと引き上げようぞ。わしはこの戦が終われば高野聖となって義経に会いにいくわ。いや、それより漁師にでもなるほうがよいか」維盛はそう言って快活に笑った。

「承知してござる。維盛さまは漁師はお似合いになりませぬ」と熊次郎も笑った。

「あははっ、もっともだ。ところでな……」と言ったまま維盛は口ごもった。

「はぁ、何なりとご遠慮なく申してくだされ」

「うむ。ちと言いにくいのだが……、思い切って言わせてもらおう。実はな、先日一朗太がほら貝で鯨を呼んだのを見て考えたのだ。あの鯨の三、四頭が暴れたら、熊野水軍を難なく蹴散らせることができる、とな。どう思う。熊次郎」

「いや、何を申されるかと思いましたら……。これは難しい話かと。もし一朗太に維盛さまのお考えを伝えたら、怒り狂うでしょうな。大日如来というホトケを戦に駆り出すのかと」

「そうであろう、そうであろう。いや、すまなんだ。聞かなかったことにしてくれ」

この二人の作戦会議は、ここで終わった。

こうしていよいよ出陣のときとなった。維盛は、鎧兜や脛宛なども身につけず、熊次郎と同じ山伏の恰好のままで乗船しようとしたので、慈空は近づいて進言した。

「大将たる者は立派な武将のいでたちをしてこそ、部下たちは勇んで戦うものです。そのなりでは士気が上がりません」

「いや、これでよいのじゃ。これは戦ではない。湛増の水軍を蹴散らすだけじゃ」と維盛は笑って言うだけで、聞く耳を持たない。

「ではせめて鎧だけでも」と慈空が言って、用意していた平家らしい赤糸縅の鎧を差し出すと、「あい、わかった。鎧だけなら邪魔にはならんだろう」と言って受け取り、その場でさっと身に着けた。若かりし頃の凛々しい姿が蘇り、慈空は思わず目頭が熱くなった。慈空は僧侶として戦には出ないが、維盛は死ぬつもりの出陣であったからだ。

軍船を港で見送るとき、維盛は短い言葉を慈空に残した。

「慈空よ、これまで世話になった。そちのおかげでここまで来ることができた。もう何も思い残すことはない。いずれ極楽浄土とやらで会えるだろうが、長生きしてくれ。さらばじゃ」

「あいや、極楽に往くのは早すぎますぞ。ご無事の帰還をお祈り申しております る」

「あっはは、そうだったな。案ずるな、かならず帰ってくるぞ」

維盛が「さらばじゃ」と言ったとき、慈空は即座に「浄土に往くのは早すぎますぞ」と返した。

倶利伽羅峠で木曽義仲軍に惨敗したときのことをふと思い出したからだ。

寿永四年（一一八四）三月十三日の未明、百五十人を乗せた維盛の不動丸と十五人乗り漁船十艘を先陣として、その二日後には百二十人の舟子を乗せた熊次郎の軍船・弁天丸とともに、一艘十五人の舟子や兵を乗せた大型漁船四十艘が太地の港を出航した。不動丸が太地を出港したのは、湛増の熊野水軍が出陣する四日前であった。不動丸はどこかの入り江に隠れて、湛増の率いる軍船二、三百艘を、鳴門海峡にかかる紀伊水道で弁天丸と挟み撃ちにするという作戦だったからだ。

それからの話は、熊次郎と不動丸の船頭の喜三郎が語ったことである。

不動丸は、住吉大社に近い入江で、湛増らの水軍を待ち受けることになった。近海から望める海岸沿いの山々の山頂には、配下の二百人以上の山伏や樵など山の民らを配して、狼煙やほら貝で連絡がつくようにしているので、湛増が田辺の港を出た日も船数も手に取るようにわかっている。

湛増らの熊野水軍は払暁前に田辺を出るという知らせが石堂丸のもとから届いていた。そこで熊次郎は丑三つ時（午前二時ころ）に、弁天丸を先頭に漁船四十艘は四列の雁行の陣形をつくり、舳先と船尾に松明をかかげて太地を出港した。

田辺には払暁の前には着いていたので、半里ほど沖合で松明を消して停泊し、湛増らの水軍が出港するのを待った。海上には春霧がたちこめて港はかすんでいたが、やがて田辺の港のほうからほら貝の音とともに黒っぽい狼煙《のろし》がもうもうと立ち上がるのが見えた。熊野水軍が動きだす合図だ。

水平線に日の出が上がるころには霧もだいぶ薄れて、軍団の動きがくっきりと見えてきた。弁天丸と四十艘の漁船は静かに軍団の後ろから追っていった。湛増は、熊次郎らの船が半里ほど近づいたとき、どこの船かと不審に思ったらしく船団を止め、弁天丸が近づいてくるのをしばらく待っていたが、急に慌てたように船団を動かした。先頭の大型船が弁天丸であることに気づいたからだった。

熊次郎は日ごろから湛増の耳にも届くよう、平家にも源氏にも味方をしないし、湛増の熊野水軍には属しないということを公言していたから、まさか湛増らを襲うとは思わなかっただろう。敵ではないとわかったので再び船を走らせたのか。あるいは、こんな隠れようのない海原で弁天丸と戦うことになったら、壇ノ浦に着くまでに戦力のかなりがそがれてしまうと判断したのかもしれない。湛増が乗る船は、熊野水軍の中ではいちばん大きいが、それでも弁天丸の半分ほどである。二、三百艘の軍船に守られているとはいえ、湛増は、弁天丸に怖れをなして逃げたのだろう。

熊次郎の船団は、命知らずで力自慢の若い者が多いとはいえ寄せ集めであっただけに、熊野水軍の最後尾から半里の距離を保ちながら追うのは、なかなか骨の折れることであった。ともすれば隊列が乱れたり、熊野水軍から半里も離されてしまうこともあった。だが、日が西に傾きかけて淡路の島影が見えるころには熊野水軍の船尾に強弓が届くほどの距離に接近していた。

このときにいたって、湛増はさすがに熊次郎らの船団の動きに警戒しはじめたようだった。船団の中ほどにいた中型の船が一艘、弁天丸に近づいてきて、その船の頭らしい髭面の男が大声で熊次郎を呼ばわった。湛増の片腕のひとりと言われる海賊の棟梁、佐治衛門であった。

「おーい、熊次郎殿。何故にわれらが熊野水軍を追ってくるのか。われらが向かう先を知ってのことか」

佐治衛門はわざとらしいのんびりした声で言ったので、熊次郎もその調子に合わせてとぼけてみせた。

「だれかと思えば、佐治衛門ではないか。おぬしらの行く先など知らん。われらは明石へタコ獲りに向かっておるのじゃ」

「タコ獲りじゃと。嘘をぬかせ」

「あっはは、嘘ではない。鳴門海峡の渦できたえられた明石のタコは、極上の旨さというからの。おぬしには熊野のタコをわけてやろう」

熊次郎はそう言うや否や、人の頭ほどある食用のタコを、佐治衛門の船に向かって投げつけた。

「うぁ、何をする」

敵味方の舟からどっと笑い声が上がった。

佐治衛門は頭の上に落ちてきたタコを払いよけると、

「熊次郎、いずれおぬしの命はないものと思え。このタコのようにブツ切れにしてくれる」

佐治衛門は、腰から短刀を抜くと、片手に持ったタコの頭を切りとって海に投げ捨てた。

佐治衛門は、湛増の権力を背景に海賊稼業で勢力を保っていたが、新興の熊次郎が太地を中心に勢力を伸ばしているのが気に食わないのだ。

「おざんなれ！　佐治衛門、いつでも待っておるぞ」

熊次郎がそういう間もなく、佐治衛門は弁天丸から離れて熊野水軍の船団に戻っていった。

ちょうどそのときである。

湛増が乗る熊野丸のなかから、大勢のどよめきが一斉にあがった。維盛が乗る不動丸の船影が、半里ほど先に突然現れたからだった。

「なんだ、あの船は」

船室で酒に酔って転寝していた湛増は、船頭に起こされて甲板に上がってくると、寝ぼけ眼を手でこすりながら呟いた。

「湛増さま、こちらに近づいてきますぞ」

「そのようじゃな」

湛増はまだ目が覚めないのか、おっとり構えていたが、船頭は興奮して取り巻きの舟子らに喚いていた。

「でかい！　こんなでかい船を見るのは初めてや。いったいどこの船や」

しかし、だれもが首を傾げるばかりで呆然と見ていた。

「うあぁ、あぶない。体当たりされるぞ。左へ舵を切れ」

船頭が叫んで間もなく、不動丸はそのまま直進して、湛増が乗る熊野丸の後ろにいた漁船三艘を転覆させながら、なおも直進していった。五列の雁行の陣形を汲んでいた後ろの漁船は、転覆した船を見てあわてて右左へと舵を切り、不動丸の体当たりをかわしていった。たちまち熊野水軍の陣形が乱れに乱れ、船同士がぶつかりあったりした。そこへ現れたのが熊次郎の弁天丸であった。

陣形の乱れた熊野水軍は、不動丸と弁天丸に挟み撃ちにされた形になり、舳先をどちらに向けたものか迷って、右へ左へ舵を切りながらうごめいていた。

「あわてるな！　あの船の周りを、二手にわかれて囲い込め。囲い込んで矢を射るんだ」

佐治衛門が舳先に立ってさかんに声を上げている。その声に呼応して、各船の先達らも佐治衛門の命令を繰り返し喚きつつ、二手にわかれた船団は不動丸と弁天丸の周りを囲いこんでいった。

不動丸も弁天丸も、そうはさせまいと囲いこんだ船の一角に直進していく。一艘、二艘と転覆する船が見られたが、多くの船は小回りをきかせて衝突を免れていた。熊次郎が引き連れてきた五十艘の漁船軍は、熊野水軍の外側から囲い込む陣形をとりながら、狙いを決めた船に集中して矢を放っていった。その応戦にやっきとなっている船に向かって不動丸と弁天丸が追突していく。これを繰り返しているうちに、熊野水軍の漁船軍は三十艘ほどが転覆し、海中に放り出された舟子や兵らが、近くにいる船に救いを求めて泳いでいく。しかし一艘の漁船には定員がある。一人や二人ならいいが、四人も五人も収容すると、船が転覆しかねない。そのため、海から救いを求めて船に手をかけて上がろうとする者を、船上の者が舵棒でしこたま打ち据え、矢じりで突き刺したりして海に突きおとしていく。逆に海に落ちた者が、船に乗せまいとする者を短刀で突き刺し、まんまと船に上がる者も少なくない。そんな争いの中でも船が転覆して、熊野水軍は味方同士の阿鼻叫喚でますます混乱していった。

その混乱のなかでも、矢が雨霰のように飛んでくる。多くの矢は舟板に突き刺さり、甲板に届いて射殺される舟子もいたが、不動丸と弁天丸は並列にして突き進んだ。西日が陸の山頂に傾きかけてきたとき、熊野水軍の漁船は百艘近くが転覆していた。山に日が沈むまであと半刻というときだった。

「湛増の船は、半里も先に逃げてしもたわ。あと五十艘も転覆させたら引き上げようぞ。熊次郎に伝えてくれ」

維盛は、不動丸と弁天丸の船頭同士の旗合図によって、その旨を熊次郎に伝達させた。

承知したと、熊次郎の返事が戻ったときだった。維盛がふと船尾のほうを振り向くと湛増の船がこちらに戻ってくるのが見えた。その後ろには、湛増の船と同じくらいの大型船十艘ほどと、数百艘の船を従えていた。湛増の船が淡路方面に走ったのが見えていたが、どうやら応援を求めにいっていたようだ。あとでわかったことだが、応援にかけつけたのは平家の味方であるはずの淡路水軍だった。

田口成良が率いた三百艘近い淡路水軍の多くは、漕ぎ手が十数人、甲冑で身をつつみ矢を構えた兵が十人ほど乗った中型船であった。不動丸と弁天丸を目指し、十数艘が横一列になって信じられないような速さで近づいてくると、いっせいに矢を打ち込んできた。その中には松油をしみこませた火矢もあり、不動丸のいくつかの帆柱に突き刺さり、帆が燃え始めた。不動丸の船頭はあわてて帆柱ごと下ろすように命じて、何とか類焼をとどめたが、甲板にいた舟子が十人ほど矢に射殺された。二層の屋形の外にいた維盛のところにも矢が降り注いできた。風を切り裂く音を立てて飛んでくる矢を刀や弓で払いながら、維盛は自慢の強弓で次々と矢を放った。

「維盛さま、ここは危ないので屋形にお入りくだされ」と、船頭の喜三郎は何度も注進したが、維盛は笑って、

「みなが命がけで戦っているときに、わしだけ逃れるわけにはいかん」と言って聞かなかった。

矢を射かけた維盛が、飛んでくる矢をよけきれず、肩に突き刺さった。幸い鎧に刺さって肉には届かなかったが、矢の数はますますさかんになってきた。不動丸と弁天丸はいつしか離れ離れになって、維盛は新手の軍船に囲まれはじめていたことに気づいた。

「維盛さま、もはや矢の打ち合いをしている場合ではございませぬ。火矢攻めにされたら敵いませぬ。この囲いから逃れますので、いったん船屋形にお戻りください」

喜三郎が必死の形相になって言うので、維盛はしぶしぶ屋形に入ろうとしながら言った。

「あいわかった、そうしよう。それにしても、あの船団はどこのものか」

「さぁ、旗印を出しておりませんので……。いや、見覚えのある顔が先頭の船に見えました……、まさか淡路水軍か」

「なんじゃと、淡路水軍だと！」

不動丸が淡路水軍に完全に包囲されたのはそれから間もなくだった。不動丸の左右五十人

の漕ぎ手は、打ち込まれた火矢の消火に手間取って、船足が極端に落ちていた。二重、三重に包囲された淡路水軍の一角に突入しようとしても、あまりにも船足が遅いため、船が接近する前にその進路が開かれ、再び猟犬のように不動丸の前後左右にまとわりついてきた。苛立った維盛は鎧を脱ぎ捨てると、屋形の屋根にのぼり、湛増が乗る船を仁王立ちになって探した。

湛増の船はすぐ見つかった。包囲する淡路水軍から二町ほど離れたところに、一艘だけぽつんと浮いている。維盛は、下から見守っていた船頭に向かって叫んだ。

「あそこに湛増の船が見える。船を北に向けて走らせよ。こうなれば、せめてきゃつの船を転覆させて引き上げるぞ」

「維盛さま、消火で手一杯で、それどころでござらん。弁天丸の助けを待つしかありません」

喜三郎はそう言いながら、淡路水軍の囲みの南側にいる弁天丸のほうへさかんに手旗を振っている。弁天丸の船頭も「すぐ行く」と手旗の合図で返してくる。熊次郎の指揮が巧みなせいか弁天丸の船足は衰えておらず、熊野水軍を蹴散らしながら全速力で不動丸に近づいてきた。

弁天丸が淡路水軍の外側の北の囲みに突進しかけたときだった。屋形の屋根に仁王立ちした維盛が大音声で叫んだ。

「ござんなれ！　湛増！　われは先の太政大臣平清盛の孫、正一位大納言重盛の嫡子、平朝臣維盛であるぞ。平氏の恩を仇で返す、裏切者の湛増よ、地獄へ案内するこの矢を受けてみよ」

ビュンと、弓弦の音高く放たれた矢は、淡路水軍の囲みをはるかに超えて、湛増の足元に突き刺さった。湛増は悲鳴をあげながら腰を抜かし、横にいた侍が抱え起こそうとしたとき、第二の矢が湛増の左腕を射抜いた。

「うわっ」

再び悲鳴をあげた湛増は侍の肩につかまりながら屋形の中に消えていった。

そうしている間にも不動丸には火矢が飛び交い、火を消し止めようと走っている舟子らの背や胸に矢が突き刺さった。不動丸はもう完全に止まっていた。

「維盛さまはこの船から逃れてくだされ」

「いや、わしはこの船とともに海の藻屑となる覚悟じゃ。みなには早くこの船から立ち去るように命じよ。そしてそちも早く……」

「それは適いませぬ。維盛さまの命、この喜三郎が何としてもお守りする。熊野大権現と熊次郎にはそう言って誓っております」

「あっはは、そうか。湛増には逃げられる。まさかの淡路水軍の裏切りにもあい、天はいよいよ我らを見捨てた。仕方あるまい。この船に乗って天竺を目指そうと思っておったが……。おさらばじゃな」

「いや、それにはおよびません。これほど立派な不動丸をみすみす捨てるわけにはまいりません。維盛さまは、もうすぐ助けにくる弁天丸に飛び乗ってもらいます。われらは、この不動丸の消火をしたあと、熊野へ帰還します。お任せあれ」

喜三郎がそう言っている間にも弁天丸は淡路水軍の囲みを破って不動丸の横すれすれに並んだ。矢は相変わらず雨霰のごとく飛んできていたが、よく訓練された弁天丸の舟子らは、矢をかいくぐりながら、不動丸に渡り板をつなげた。そして腰に縄をむすんだ舟子が板の上を伝ってくると維盛に手を差し出してきた。維盛がその板を渡って弁天丸に乗り移ったその矢先だった。

どこで吹いているのか、一朗太のほら貝の音とともに、鯨が海面を飛び上がった。維盛が驚いてその方角を見ると、熊野水軍と淡路水軍が交わるあたりで、三、四頭の鯨が次々と飛び上がっていた。

維盛は、熊次郎が近づいて声をかけたのにも気づかず、呆然としてその光景を見ていた。熊野水軍も淡路水軍もただただ右往左往するばかりで、鯨に船を転覆された者たちを救おうという余裕もなく、一目散で北の方角へ逃げようとした。船同士がぶつかりあい、転覆して助けをもとめる者を海へ突き落す。

だが、そんな混乱の中でも逃げずに、矢を執拗に放ってくる四、五十人乗りの船が十艘ほどあった。一朗太は、矢を避けるため弁天丸の船室の中でほら貝を吹き続け、それらの船に向けて鯨を誘導していた。

四頭の大鯨は、飛び上がっては海面に沈み、回遊しながら突然船底から浮上して、転覆させた。矢はもう弁天丸のほうへは飛んでこなくなっていた。そのかわり当面の敵となった鯨のほうへ集中して矢は射られた。腕組みしながら悠然と見ていた熊次郎だったが、矢が鯨に集中しはじめてから、不吉な予感にとらわれた。熊次郎の不安そうな横顔をちらっと見た維盛にも、やはり変な予感が走った。

このままでは矢が鯨に当たる。そうなれば鯨は怒り狂い、残る船を全滅させるまで暴れるだろう。一矢くらいなら鯨は死ぬことはない。だが、たとえ一矢でも、鯨に致命的な矢があたって死なすことになれば、一朗太はどうなるのか。

熊次郎は、太地の港を出港するとき、維盛から言われたことを、一朗太に話していた。鯨が四、五頭暴れたら、熊野水軍をあっと言う間に蹴散らすことができるであろうと。一朗太はそれを聞いたとたん、顔を真っ赤にさせて怒った。そして涙を見せた。

「いや、維盛さまは、この話は聞かなかったことにしてくれと言われたのだ。だからわしもおまえに言うまいと思ったのだが、戦などしたことがない若い連中の命を預かるわしとしては、鯨三、四頭の助けがあればと思ったのだ」

「維盛さまのお考えも、おやじの気持ちもわかっている。じゃが、おれは鯨をだまして戦に使うようなことはしたくないんじゃ」

「わかった。この話、忘れてくれ。大日如来の罰があたろうというものぞ」

このときの父子の対話は短く終わったが、熊次郎にも一朗太にもシコリになって残った。

熊野水軍だけなら、その半分も転覆させたら引き上げるというのが、維盛が熊次郎に言ったことだった。熊野水軍だけであったら、その目的は果たしていたはずだったが、突然現れた淡路水軍に不動丸が囲まれてしまったことで、状況が一変した。

不動丸の危機を救うため、熊次郎が一朗太に頼もうと思ったとき、

「おやじ、いまから鯨を呼ぶぞ。だけど、小半刻もしないうちに鯨を帰すからな。鯨が矢に射られんよう、弁天丸も暴れて守ってやってくれ」

一朗太はそう言ってすぐにほら貝を吹き始めたのだった。

こうして四頭の鯨が一朗太の願いどおりに現れ、淡路水軍を仰天させたのだが、熊次郎と維盛が同時に予感したことが当たってしまったのだった。四頭のうちいちばん大きな鯨の背に矢が一本ささり、それに驚いた鯨が大暴れすると、淡路水軍のほうも必死になって矢を放った。海から踊り上がって沈む瞬間を狙って、数十本の矢が同時に放たれた。

「ぐわー、ぎゅわー」といった絶叫とともに鯨は沈んだかと思うと、矢を射た船の底から一気に頭を持ち上げて転覆させた。それからも周りにいた二艘の船に体当たりしてひっくり返した。

鯨の絶叫を船室で聞いた一朗太は、あわてて甲板に出てくると、目の前の光景に青ざめた。逃げずに残った淡路水軍の十数艘の船はことごとく転覆し、その船にしがみついていた舟子らにも、矢が当っていない三頭の鯨が執拗に攻め立てている。

その中を、矢を集中的に射られた鯨が、元気なくゆらうらと弁天丸に近づいてきた。頭の近くや背中の数か所に矢が突き刺さっている。一朗太はそれを見た瞬間にも、甲板から海へ飛び込んでいた。

「親方、一朗太が海へ飛び込んだ」

熊次郎も維盛も、ほかの舟子らも、気が付かないほどの一瞬だった。

熊次郎が船べりに駆け寄ると、一朗太は鯨の背に乗って、矢を抜こうとしてもがいていた。

「一朗太、矢を抜くと血がいっせいに飛び流れて、死ぬぞ。抜かずに、矢を折るんだ」

一朗太は、聞こえているのかいないのか、なおも必死で背中の矢を抜こうとしていた。そして一本の矢が抜けると、一朗太はその傷穴の上に手のひらを当てている。血がじわじわとその隙間から流れていった。

一朗太がふと顔を上げ、船上の熊次郎と維盛の顔を交互に見ると、ニコッと笑いながら鯨とともに海面からゆっくり沈んでいった。三頭の鯨も回遊しながらその後を追っていった。

「一朗太！　一朗太！」

熊次郎が悲鳴をあげた。咽喉がつぶれるほど何度も叫んだ。維盛は成すすべもなく、「一朗太大菩薩」と海に向かってつぶやいていた。

それから半月ほど後、壇ノ浦で平家が敗れ、時子が幼い安徳天皇を抱いて海に沈んだという文が慈空のもとに届いた。摂津の太融寺にいる慈空の弟子の阿空からだった。慈空からその文を渡された維盛は、さっと目を通すなり顔色が青ざめ、文を横に投げ捨てた。そのとき慈空は、時子が安徳天皇を抱いて自死などするはずがないと直感したが、黙っていた。そんなことより維盛と慈空の予感どおりになったことが、辺りの空気を凍らせてしまっていた。

そばにいた熊次郎は、維盛が捨てた文を拾って読むと目を閉じ、合唱して静かに真言を唱えていた。その後、維盛は「山に行く」とだけ慈空に告げて、十日ほど帰らなかった。

熊次郎はそれから毎日弁天丸に乗って、鯨とともに海に消えていった一朗太の探索を続けていた。鯨の通り道といわれる四国の足摺岬まで航路を伸ばし、十里ほど沖合に何日も漂って、鯨やイルカの出現を待った。しかし、時折、イルカの群れが通り過ぎることはあっても、一頭の鯨も発見できなかった。

熊次郎が一朗太の探索を諦めかけていたときに阿空の文が届いたのだった。だが、義母のキヨは、「一朗太はもうすぐ帰ってくる」と何度も繰り返し言っていた。夫の佐治吉が病で一年前に亡くなってから、もともと悪かったキヨの目は光をほとんど失いかけていたが、むしろ霊的な直観力は鋭くなっているようだった。湛増だけでなく多くの水軍が平家を裏切ることも、壇ノ浦で平家が滅びることも早くに予言していたし、明日は誰それがやってくるといったことまで予告した。そのことごとくが当たってしまうので、一朗太の探索を止めた熊次郎は、キヨの予言を信じて待つことにしたが、身の危険が迫りつつあった。

湛増が、熊野水軍にとって危険な熊次郎を捕らえようとしていたからだ。いずれこのときが来ると前から思っていた熊次郎は、対馬の海賊仲間に配下の山伏を送りこんでいた。そのときが来たら、望む者だけを弁天丸に乗せて、対馬の海賊と組んで生き延びようと考えていたのだ。キヨは「別れるのは辛いが、心強いことじゃ」と大いに喜んだ。熊次郎の名は、九州の山伏や海賊の間にも知れ渡っていたからだ。

一朗太が戻るときが「そのとき」だった。熊次郎は、海に出ての探索を止めてから裏山の見張り小屋に配下の者を交代で泊まらせ、四六時中、大海原の見張りをさせ、自身も毎朝夕、見張り小屋に出て半刻ほど海を望遠し、館の一角に築いた護摩堂で毎朝護摩を焚いて祈った。

阿空の文が届いてから六日たっていた。その前夜、キヨの使いに呼ばれた熊次郎が家に行くと、キヨは見えない目を大きく開きながら言った。

「よろこべ。お告げがあったぞよ。一朗太が帰ってくる」

「おばあ、まことか！　それはいつじゃ」

「もうすぐじゃ」

「ええい。だから、もうすぐというのは、いつのことなんじゃと聞いておる」

「もうすぐは、もうすぐじゃ。それしかわからん。明日かもしれん、三日ほどのちかもしれん」

「えーい。おばあの予言は歯がゆいのう」

「なにを言うか、このバチ当たりめが。大日如来さまに申し訳ねえぞ」

「わかった、わかった。すまなんだ。おばあ、ゆるしてくれよ」

熊次郎はそう言うと、弁天丸をいつでも出港できるようにと部下に命じ、飛び上がるようにして裏山の見張り小屋に走った。

「一朗太が帰ってくるぞ。今日から三日ばかり、おれもこの小屋に泊まる。おまえたちもしっかり見張ってくれ」

珍しく興奮しながら熊次郎は言った。見張り番の者はキツネにつままれたような顔で見ていたが、熊次郎は喜びを爆発させるように一人豪快に笑った。

その日から三日目の早朝だった。凪いだ沖合の水平線に朝日が昇りはじめ、その朝日を背負うようにして一か所だけ白波が盛り上がっていた。

「親方、親方」

見張り番が興奮して、見張り小屋に飛んできた。起きたばかりの熊次郎は、がばっと体を起こして小屋を飛び出し、朝日のほうへ目を向けた。一瞬、まぶしさに目がくらんだが、朝日の下に白波が盛りあがり、その波が一直線にこちらに向かってくるのがはっきり見えた。朝日がしずかに海面をのぼり、波が近づくにつれて、波の上に何かが乗っているらしいのも見えてきた。波立てているのはイルカの群れらしい。そのイルカの一頭に一朗太が乗っているのだった。波の横で潮柱が立ったのは、鯨がそばにいる証拠だ。

「おおー、あれは！　人だぞ。一朗太だ！　弁天丸を出港させるぞ」と叫びと、熊次郎は坂をころげるように駆け下りていった。

言葉足らずの一朗太が語るところによると、傷ついた鯨とともに四国のとある島の海岸へ着いた。漁民に助けられて一朗太は何とか一命をとりとめたが、十数本もの矢を受けていた鯨はついに息絶えたという。その後、太地に帰還するまでの話はまるでおとぎ話のようであり、維盛も熊次郎もにわかに信じがたく、ここで記しても信ずる者はいないだろう。しかし、キヨだけは盲目の瞼に光を入れるようにその皮膚をこまかく痙攣させながら、「さもありなん」と一朗太の話をうなずいて聞いていた。

山ごもりから帰った維盛は、一朗太が無事帰ったと聞いてすぐさま熊次郎のもとへ飛んでいった。そして鯨を死なせてしまったことを詫びると、一朗太は笑みを浮かべながらこう言った。

「いや、母鯨は息をひきとるときに、維盛さまをお救いできて本望だと申しておりました」

「まさか、そのような」と維盛は絶句した。

「ほんとうでございます。わしには母鯨のこころはわかるのです」と一朗太はなおも笑って維盛を気遣った。

「わしは天竺へ渡ろうと思う」

維盛がそう言ったのは、一朗太が戻ってから半月ほど後のことだった。

熊野の山の洞窟にこもり十日ほど瞑想していた維盛は、がりがりにやせ細って熊次郎の館に戻ると、言下にそう言った。熊次郎は、ただ黙って頷いた。源氏の世となったいま、維盛の思いが痛いほど伝わったからだ。

熊次郎からその話を聞いた一朗太は、翌早朝、熊次郎とともに維盛の館を訪ねてきて、「わしも天竺にぜひお供させてください」と目を輝かせて言った。

「お釈迦様のお生まれになった天竺だけでなく、鯨たちの棲む大海原をどこまでもどこまでも船旅をしたい。維盛さまのお役にも立ちたい。どうか、わしを連れていってください。お願いいたします」と一朗太は熱く語った。そばで聞いていた熊次郎も、

「このわしからもお願いいたします」と言った。

「なんの、ぜひもない。わしのほうから頼みたいことじゃった。そうじゃのう、慈空よ」

維盛は慈空に目配せしながら破顔したが、すぐに「いや、吾が尊師、慈空上人さま、そうですありますな」と真面目顔して言い直した。慈空は、苦笑しつつ熊次郎に言った。

「そうです。維盛さまは、できることならば一朗太と共に行きたいと申されておりました。一朗太が一緒なら、不動丸がさらに大きな心強い船となるし、鯨たちも見守ってくれるでありましょう」

このとき慈空は二日前から太地に来て、維盛と「天竺行き」のことを話し合っていた。法楽寺にいた慈空は、勧進活動のため太融寺から京へ向かう直前だったが、遺書めいた維盛からの文が届いたため、予定を変更して急ぎ飛んできた。その文は維盛が洞窟にこもる前日、石堂丸に託して慈空に届けられたものだった。

「わが師、慈空上人殿、これまでのご無礼の数々をお許しください」といった意味の殊勝な文言から始まり、父重盛が残した黄金の使い道を五つにわけて事細かに記していた。

まず一つは、この度の湛増追撃で死んでいった二十数人の菩提を弔うこととその遺族のために、二つは、法楽寺の伽藍再興に役立ててほしいこと、三つは、智海が密教のみならず、神道や天台や南都六宗、栄西の禅宗派のことまで学問に専念する資財として使ってほしいこと、そして四つは、熊次郎の娘カナとの間に生まれた息子（維清）や娘たちのために、五つは、別れた妻・新大納言章子と娘に。そして六つは、慈空の好きなように勝手次第とあった。また維盛の宝刀を息子の維清に贈り、小松の姓を名乗らせたいとも記してあった。

天竺行のことがほのめかされ、今生の別れになるかもしれないので、無理を言うが十日後には会いたいという。そして文の最後には、維盛が好きだった空海上人の次の言葉が並べてあった。

三界は家なし
家も無く国も無し
生死海
生れ生れ生れ生れて生の始めに暗く
死に死に死に死んで死の終わりに冥《くら》し
虚空尽き、
衆生尽き、
涅槃尽きなば、
我が願も尽きん。

師資《しし》の道は父子より相親し
生涯の師　慈空上人殿

愚弟・沙門　玄空

一朗太が帰還してから四ヵ月の間、不動丸の修復が着々とすすめられ、熊次郎は熊次郎で太地を逃れる準備をおこたらなかった。

こうしている間にも、高野山や熊野の山奥にも平家の落人狩りの手が伸びているという話が伝わってきた。湛増の熊野水軍と戦ったことで、維盛の入水自殺は嘘であったことがばれている。維盛は熊野に潜んでいるという人の噂も伝わってくるから、うかうかとできなかったのだ。

台風一過の秋空は雲ひとつなく、湖面のように静かな海に映し出されている。寿永四年(一一八五)の秋である。

「おばあは、どうしても熊野に残ると言うて聞かない」

一朗太が、弁天丸の出港準備のため甲板で慌ただしく立ち働いている熊次郎に向かって大声で言った。

「そうか、やむをえんな。もういいから、上がってこい」

熊次郎はそう言いながら船を降りると、キヨのいる屋敷まで早足で向かった。

ゆうべ、熊次郎は一緒に対馬に行こうとさんざんキヨを説得したが、

「わしは熊野権現さまのもとにいないと生きてゆけん。それにわしの命もあと二年持てばいいじゃろう。足手まといになりとうない」

キヨはそう言って、熊次郎の説得を頑として受け付けなかった。佐治吉が亡くなり一人身となったキヨは、熊次郎の娘のカナが面倒を見ていたが、カナひとりでは大変だろうと夫の佐治吉の親類筋の家で暮らすようになっていた。だからキヨの意思に反して無理に連れて行くことはなかったのだが、熊次郎としては極道な父親を亡くした少年のころから親身になって育ててくれた義母を捨て置けなかった。キヨが可愛がっていた一朗太なら言うことを聞くかもしれないと淡い望みを託したが、キヨの決意は変わらなかったのだ。

熊次郎は、最後の別れを言うためにキヨがいる屋敷の部屋に入ると、庭の縁側にポツネンと座っていた。首を垂れているのは、日向ぼっこしながら転寝してしまったようだ。

熊次郎は「おばあ」と言いかけたが、その言葉を飲み込んだ。これまでもキヨの姿が神々しく見えたことは何度かあったが、光の輪の中に浮かんだキヨの姿はまさに観音菩薩そのも

のだと、熊次郎は心中につぶやいた。しばらくその場でじっと佇み、キヨの横顔を見つめていると、熊次郎の顔が急にゆがみ、一筋の涙がほろりと落ちた。熊次郎はあわてて目頭を手の甲でぬぐいさり、さっと背を向けて屋敷を出た。

熊次郎が太地の港にもどると、弁天丸の後ろにひかえた不動丸の帆柱の帆が、いっせいに上がっていくところだった。弁天丸は対馬へ、不動丸は天竺へ向かうことになっているが、途中、熊野水軍や淡路水軍、あるいは村上水軍とも遭遇するかもしれないことから、対馬までは同行することになっていた。

弁天丸には熊次郎と運命を共にしたいという若者らがおよそ百人、不動丸にも維盛と一朗太のほか、血気さかんな若い者らが八十人乗り込んでいた。

不動丸の舳先にすくっと立った一朗太が吹くほら貝を合図に、熊次郎が乗った弁天丸は錨をあげて、するすると港内を滑りだした。弁天丸が三町ほどすすんだところで二度目のほら貝がなり、維盛の不動丸が後に続いた。風は弱かったが不動丸の真ん中の帆が風を受けると船足はじょじょに勢いを増し大海に出た。二艘の軍船の門出を祝うように雲ひとつない秋空はどこまでも晴れ渡り、空の光をうけた海も紺碧に輝いている。波もなく鏡のようだった。

この船出の二日前の夜、維盛は熊次郎と相談して盛大な宴を催した。

熊次郎の館に百人以上の人々を呼び集め、さんざん飲み食いし、庭にあふれ出て歌ったり踊ったりもして深夜までにぎやかに騒いだ。キヨをはじめ、山伏で船大工の親方でもあった喜代治とその妻のヨシ、熊次郎の妻サキや娘カナと子供たち、熊野の豪族や海賊仲間、一緒に戦った船頭や舟子たちである。

維盛は酒に酔うと笑い上戸になり、羽目を外したくなる癖が昔からあった。このときもそうだった。宴たけなわのころ、維盛はつと立ち上がると慈空のそばに来て、

「慈空どの、いや、失礼。我が師匠、慈空上人さま」と言うなり、慈空の手を取った。そして宴の席の真ん中に出ると、ふらふらした足取りながらも奇妙な舞を舞いだしたのだった。

鳥が翼を広げてひらひらするような仕草であったり、両手を胸の前で交差させたり、天に向かって拝むような仕草だったり……。観ているものは何を表現しているものやらわからず、維盛の千鳥足がおかしくて、手拍子をうち、げらげら笑いあっていた。しかし維盛の舞に調子を合わせて体を動かし、満面に笑みを浮かべていた慈空だけはわかっていた。それが「青海波」の舞であることを……。

維盛はその宴の席で、今生の別れではないから港には見送りに来ないでもらいたいと言っていた。それでも十数人が見送りにきていたのだった。

維盛は、右舷のそばに立ち、港のほうへ顔を向けている。慈空とその弟子の阿空が、軽く

手を振りながら見送っている。石堂丸も権左もいた。この二人は、急に心変わりして残ることになった。どうやら愛しい人に泣きつかれたということだった。

しだいに小さくなって顔の表情までわからなくなったが、維盛は右手を挙げてこれに応え続けた。そして、ふと山手のほうへ視線を向けると、若い母親に抱かれた赤子と手を引かれた幼児が立っていた。熊次郎の娘のカナと、幼児は二歳になったばかりの維清だった。維盛の脳裏に一瞬、都に残してきた六代と娘の顔が浮かび、あわてて母子から視線をそらして背を向けた。

不動丸を誘うようにカモメが十数羽、飛び交っている。一朗太のほら貝に応えて、鯨の親子が一里ほど先に潮柱を上げているのが見えた。イルカの群れも近づいているようだ。維盛は、鯨とイルカが悠々と泳いでいる方向の水平線の一点に目をこらし、「南無大日如来」とつぶやいていた。

「虚空尽き、衆生尽き、涅槃尽きなば、我が願も尽きん……」

何もさえぎるもののない、空と海だけの世界だった。

空と海の境がわからないほど青一色に溶けてみえた。その境目あたりを維盛はじっと見つめながら、口の中で光明真言を唱えていた。

オーン　アボキャ　ベイロシャノウ　マカボダラ　マニ

ハンドマジンバラ　ハラバリタヤ　ウーン
オーン　アボキャ　ベイロシャノウ　マカボダラ　マニ
ハンドマジンバラ　ハラバリタヤ　ウーン
オーン　アボキャ　………

そのときまた、鯨が飛んだ。

エピローグ

法楽寺に来て早くも七カ月ほどが過ぎた。庭から見える楠木の葉は大方散り、寒い日が続いている。今朝方、不思議な夢で起こされた。予は感動の涙を流していた。涙を流すことなど何十年ぶりだろうかと怪しんだ。それはしかし悲しみの涙ではなく、深山の岩から染みでる清流のように、さわやかな涙であった。

天竺に向かっていた維盛と一朗太が、鯨の背に乗って三年ぶりに熊野に帰還する夢だった。起きたとたんに泡のごとく夢は消えたが、不動丸のごとく巨大な鯨の背中に維盛と一朗太が乗って、嬉しそうに予に手を振っていたのだ。予は、熊野の太地の湾を見下ろす高台から、彼らの帰還を喜び、子供のようにはしゃいでいたのだった……。そこで夢は消えた。

明恵上人は「夢日記」なるものを日々書き残していると聞いたことがある。そのとき予は、何のための夢日記なのかと思ったのだが、今朝の夢を見たことで、一つの回答が与えられたように思った。それを一言で言うならば、「即身成仏」ということであろうか。

予は念仏信仰を尊いとする者であり、真言密教の教理についてはほとんど無知といってよいが、空海上人の言葉には歌詠みの心からして共鳴するものが多い。

此の大虚《たいこ》に過ぎて広大なるものは我が心
仏法は遥かにあらず、心中にして即ち近し
真言は不思議なり。観誦すれば無明を除く

明恵上人は醒めているときも坐禅瞑想のときも、夢の中においても即身成仏の行をしていたのではなかろうか。

この物語を書き終えることで、法楽寺を去ることはまことに寂しいことだ。そこで予は、今朝方の夢物語を本書の続編とすることを、慈空上人にお頼みしてみようと考えている。人は夢の中においても「即身」に生きることができる、と言えばわかってもらえるだろうか。

建保三年（一二一五）霜月の朝

鴨　長明

■主な参考資料

『平家物語　全十二巻』全注釈　杉本圭三郎　講談社学術文庫(1998 年 2 月)
『平家後抄　上・下』角田文衛　講談社学術文庫 (2000 年 6 月・9 月)
『平家物語の世界』村井康彦　徳間書店 (1973 年 4 月)
『源平合戦の虚像を剥ぐ』河合康　講談社学術文庫 (2010 年 4 月)
『方丈記　発心集』鴨長明　校注者:三木紀人　新潮日本古典集成 (1976 年10月)
『無名抄』鴨長明　訳注：久保田淳　角川ソフィア文庫 (2013 年 3 月)
『往生要集』源信　全現代語訳　講談社学術文庫 (2018 年 8 月)
『沙門空海』渡辺照宏・宮坂宥勝　ちくま学術文庫 (1993 年 5 月)
『空海』—KAWADE 道の手帳　安藤礼二(編集協力)河出書房新社 (2006 年 1 月)
『理趣経』和訳　金岡秀友　編著　東京美術 (1991 年 12 月)
『文覚』山田昭全　吉川弘文館 (2010 年 3 月)
『明恵上人伝記』平泉洸　全訳注　講談社学術文庫 (1980 年 11 月)
『明恵上人』白洲正子　新潮社 (1999 年 11 月)
『定家明月記　私抄』堀田善衛　ちくま学術文庫 (1996 年 6 月)
『方丈記　私記』堀田善衛　ちくま文庫 (1988 年 9 月)
『選択本願念仏集　法然上人の教え』阿満利麿 (訳・解説)　角川文庫
(200 7年 5 月)
『海と列島の中世』網野善彦　講談社学術文庫 (2003 年 4 月)
『熊野詣』五来重　講談社学術文庫 (2004 年 12 月)
『高野聖』五来重　角川学芸出版 (1975 年 6 月)
『海と日本人』—旅の民族と歴史 7　宮本常一編著　八坂書房 (1987 年 7 月)
『熊野の太地　鯨に挑む町』熊野太地浦鯨史編纂委員会　平凡社 (1965 年 11 月)
『海の武士団』黒嶋　敏　講談社選書メチエ (2013 年 9 月)
『熊野水軍のさと』高橋修編　清文堂 (2009 年 2 月)
『源義経と壇ノ浦』—人をあるく　前川佳代　吉川弘文館 (2015 年 6 月)
『クジラたちの唄』ロジャー・ペイン　宮本貞雄＋松平頼暁訳　青土社
(1997 年 9 月)
『イルカと話す日』ジョン・C・リリー　神谷敏郎・尾澤和幸共訳　ＮＨＫ出版
(1994 年 7 月)
『クジラと人の民族誌』秋道智彌　東京大学出版会 (1994 年 9 月)

著者紹介
平野　隆彰（ひらの たかあき）
昭和 23 年、千葉県出身。本名：智照（ともてる）
著書『シャープを創った男　早川徳次伝』『穴太の石積』、『僧侶入門』『桜沢如一。100 年の夢。』『心の監督術』
など編著多数。

手のひらの宇宙 BOOKs ® 第 28 号
鯨が飛んだ日 ―― 平維盛　即身成仏物語

発行日　2021 年 2 月 11 日　初版第1刷

著　者　平野　隆彰
発行人　平野　智照
発行所　あうん社
〒 669-4124 丹波市春日町野上野 21
TEL (0795)70-3232　FAX (70)3200
URL http://ahumsya.com
Email: ahum@peace.ocn.ne.jp

制作 ● 編集工房ＤＴＰ・自遊空間ＺＥＲＯ
装丁 ● クリエイティブ・コンセプト
印刷・製本所 ● ㈱ 遊文舎

ISBN978-4-908115-28-8
定価はカバーに表示しています。